Sobre santos y locos

Sobre santos y locos

Humberto Méndez

Primera edición, 2014

Diseño de portada e interior: José L. Díaz de Villegas

Corrección: Argentina Elena Tejada

Copyright © 2014 Humberto Méndez

ISBN: 978-0-9909647-0-4

Publicado por Editorial Llamarada

(Ocurrió, tal vez, jamás, fuego que no lo haya encendido un niño, oh Heróstrato)

GEORGES SEFERIS

Sevilla, España, 2002. Jueves Santo. Buen viaje este, he visitado ya los puntos de interés en la ciudad monumental; con todo, me entristece tener que regresar a Puerto Rico con la alborada. Sopla un airecillo templado y refulge el sol y las gitanas se allegan a los turistas a imponerles rosas mustias y revelarles el porvenir. Una figura con la expresión de santo, con los atributos del santo, evidentes aun para mí que soy tan escéptico y que repudio el criterio mismo de la santidad, se desplaza por mi costado y desaparece en el interior de la catedral. La calle está saturada de un olorcillo a naranjo y boñiga de caballo, del cántico de las aves, de gente y algarabía. Una sensación de asombro me sacude, me siento marear, sobreviene un silencio apabullante, espeluznante, hasta el aire se detiene y una jauría realenga aúlla desde el zaguán. Tengo visiones de José y María huyendo con el niño Jesús, de coros de serafines cantando a la Puerta del Paraíso y de un bambú que se inclina a refrescarse en el badén de mi pueblo. Se anega la cuneta con el chubasco, rayos de sol refulgen como profusión de filamentos danzantes y el entorno adquiere una transparencia alucinante. Entro en el templo, la lluvia repercute contra los vitrales formulando penitentes apotegmas dirigidos claramente a mí, cirios ambarinos cabrillean y hacen del interior una extensión sobrecogedora en espiral. Veo contra las piadosas figuras en el retablo el perfil solemne elevarse con la lumbre y en el fondo del madero transfundirse como trasgo. Una intensa inquietud me estremece, siento elevarse mi cuerpo transportado hacia el ábside en fibras de luz, todo se detiene, y aquel hombre al servicio de Dios, evidente en el aire de pureza, piedad y perfección en torno a él, gira hacia mí, una infinita serenidad es el semblante y un callado susurro en las comisuras de los labios zumba al pálpito del corazón: *¡Ah!, qué la conciencia y la bondad sean una, íntegra, indivisa, exacta, qué se integren el deseo y el deber y qué en la incertidumbre de lo que no está en mi potestad tenga al menos la ilusión de que en éxtasis espiritual he de ser uno de los elegidos de el Salvador.* Irradian sus ojos, y al contacto siento la piel calcinarse, contraigo los párpados temeroso de que se crucen las miradas y como la Medusa a piedra me torne. El recinto arborece de serondos naranjales, tintinear del fontanar, trinar de aves y silbatos a la hora cuando los navíos zarpaban el Guadalquivir hacia puertos virginales. Oigo el chirriar de los goznes de la puerta al entreabrirse, dos ancianas ocultas bajo trapos y mantillas pasan por mi lado, lo que basta para despejar mis reflexiones. Trémulo bajo los ojos, veo mis manos contraídas, y salgo afuera. El día está despejado y seco el pavimento. ¿Acaso lo que había experimentado momentos antes fue una triquiñuela de la imaginación nada más?

Un rezongo, mudo por salir de adentro, en tanto preparo la valija, dice: *Has comenzado a conocer la gracia, ¿por qué te marchas?* Después, no pego los ojos, no puedo, el sugestivo gruñido continúa reprochándome toda la noche. El alba me encuentra desempacado y preparado para salir a la calle. He decidido informarme primero por medio de los devotos que acuden al templo y entrevistarme luego con aquel que ya tengo por santo. Hay mucha gente esperando que abran el portón. Un octogenario con un abrigo pesado, pese a ser verano, los ojos cegados de secreciones, la boca congestionada de baba, tratando de agarrarse de mi brazo, me confirma: ¡*Oh, sí: ese hombre tiene los dones del santo!* Cuando le pregunto por datos concretos, responde: *Nada sé... ¡Ah!, creo que hay alguien, una pordiosera, que puede darle testimonio, se sienta en la escalinata de los Archivos de Indias, cada día, para la limosna y la gracia.* El señor tropieza con un escalón, tiembla, vacilante al apoyar el pie. Una joven lo sujeta del brazo: *Abuelo, vamos a casa, no sabes lo que dices, ni comprenderías el santo sacrificio de la misa más allá de tu chochez.*

Corro el corto tramo, la mujer ya había llegado, estaba allí según dijo el anciano, era ella, no podía ser otra por la deslumbrante luminosidad a modo de nimbo que el sol derramaba sobre su cabeza. La observo: porte descalabrado, raquíticas las extremidades, plateadas las pocas greñas a ras de chola, babaza las comisuras de los labios, supurantes las piernas, mugrientas las manos. Si bien en un estado deplorable da la impresión de haber sido una maja flamenca antes de que la vida la redujera a esto y haber hermanado la realidad y el sueño y ser la penitente inquebrantable que ha superado las ataduras mundanales. *Son señales*, infiero a priori.

Lleva un traje de percal con lentejuelas y encajes, de gala antes de haber sido desechado, ahora reducido a trapo, ceñido a la cintura con una tira de lona. De un bejuco en torno al cuello penden iconos de madera de Cristo difunto, María con el niño y un sin fin de santos: San Agustín en su encierro, el apóstol San Pablo predicando, San Juan Bautista con la cruz y el cordero, San Antonio con la bola del mundo y el niño Jesús en brazos, San Francisco conversando con las avecillas. Pero basta, son demasiados para ser referidos aquí todos.

Mientras asciendo la gradería voy tramando la manera más persuasiva de encauzar mi gestión. Ella no da lugar a formalismos, casi no alcanzo a llegar a su lado, cuando dice: *Sé lo que quiere, como la oveja perdida busca el camino, el pastor y la gracia.* Yo quedo petrificado: ¡*Alabado sea el Señor, increíble, cómo acierta en sus conjeturas!* Sobreviene un silencio prolongado, el aire se estanca y hasta respirar pesa; sin embargo, me conforta saber que ella había introducido ya el tema, sería tanto más fácil reanudarlo allí donde había quedado. Al indagar sobre aquel, a quien ya yo estimaba ser santo, ella, conmovida, me cuenta de la primera vez que le vio mediar entre la merced divina y su propia madre, enferma incurable, unos veinte años antes. «La pobre se aferraba a la vida cuando tan poca le quedaba. El mediquillo de la aldehuela lamentaba: "Joder, si al menos aceptara que llega al fin con cierta resignación". ¡Oh!, puedo verla aún, afanada, como nunca, de la labranza en la huerta a los quehaceres de la casa. Nadie se explicaba cómo se mantenía viva, pero allí estaba, la muerte misma incapaz de sojuzgar la fortaleza de su espíritu.

»Cuando dábamos por sentado que nunca habría de rendirse, una mañana gris de primavera, bajó él, el justo, la calzada, circundado de aves mudas. Yo no le vi llegar hasta que se detuvo frente a mí y me miró a los ojos, si bien solo un instante capté en el acto que veía lo que está en la zona del lado de allá de la vida, y pasó a la chabola. ¡Jesús!, un silencio se alojó entre las cuatro paredes en tanto una irradiación deslumbrante fulguró desde un astro fugitivo y le impartió al entorno matices nítidos y un bálsamo de mirra al alma. Sobrevino una sensación glacial que me congeló la cabeza, se alargaron los segundos, diríase que el tiempo se había detenido. Se anubló el cielo, sombras me rodearon, el corazón se desbocó y el pecho se contrajo. Entré en la casucha, un hálito mas dulce que el aroma de las flores, tan alentador como el optimismo, más sublime que el amor se esparcía por doquier. Me tendí al lado de mi madre en su lecho doliente y vino a mí el susurro entrecortado de su boca estremecida: "Puedo ya morir en paz". Extraño, en el acto expiró. Entonces quise saber cómo había obrado el milagro él: "Fácil —me dijo—, le expliqué que para conquistar la gloria venidera hay que renunciar al infierno del mundo, que cada instante furtivo conlleva en su numen semilla de eternidad y que en el final está el comienzo". Y yo caí de rodillas sobre la húmeda tierra, entre una calma cerrada si no por el perro que desde el otero no cesaba de aullar. Cuando se marchó me trajo consigo, consciente ya yo que jamás lo habría de dejar. No obstante me mantuve rezagada porque sabía que quería estar solo. Parecía levitar; y muchas veces escudriñando en la penumbra pude discernir la gracia divina en las huellas del camino».

Conmovido por el triste relato la invito a un helado, pero no la seducen los refrigerios ni las golosinas, tiene la semblanza de los que toman por norma exclusivamente líquidos, esos que se nutren de aguas frescas y de los destituidos que pernoctan dondequiera, duermen poco y reciben el día sin privilegios, expectativas ni exigencias. Se advierten movimientos involuntarios en las extremidades, farfulla como impartiéndole orden a una profusión de embrollos que la desconciertan; oh, es evidente, está agitada.

No sé si considera aquel primer milagro algo simplón y por ello se ve en el apuro de relatar otro que el santo realizó en la serranía de Cuenca o si realmente le urge hacerlo; en todo caso, igual me da y lo consiento.

«Mire, el lugar ofrece figuras cársticas impresionantes, desafortunadamente estas no son comestibles. Sucede que el cerro es vientre estéril, cueto vacío, y los vecinos de la aldehuela no sabían qué hacer para proveerse el sustento. Habían alternado la semilla y el ciclo de cultivo, introducido una variedad de gusanos y de estiércoles, descargado en regadío el agua de profundas hoces que les costó agonías innúmeras y vidas accidentadas, pero inútiles resultaron la determinación y las labores. Cuando desistieron de convertir la greda a sembradío se presentó él, el Bienaventurado, tan radiante como el sol en un cielo de arcángeles. De un tirón rompió el rosario que llevaba al cuello y regó las cuentas por el altozano. Se arrodilló sobre los guijarros punzantes y levantó los brazos en cruz. Los vecinos no comprendían lo que decía, hablaba en lenguas, pero repetían vehementes las pocas expresiones que discernían, cerrando siempre con la misma letanía: "Así sea". Y levantaban los ojos al cielo y quedaban cegatos. Entretanto el santo pateaba los pedruscos al borde del desfiladero que arrastraban en su caída otros en efecto de avalancha fausta. El cielo cerrado de rayos sin centellas, las lluvias torrenciales que nunca cayeron y el frío repentino en la estación estival sugerían que había obrado ya el milagro. ¡Cómo lo reverenciaban los lugareños aferrados a la toga y las pisadas besando! "No esperen mucho de este suelo, lo esencial, nada más —repetía él mientras descendía la barranca—, fue hecho para el martirio del cuerpo y la salvación del alma"».

El sol, tan radiante, parece un heraldo divino que anuncia: *Con fe todo es posible*. Los asiduos comienzan a subir en columna a descubrir en los archivos las indias del pasado, por lo que juzgo prudente retirarme para no obstruir el paso. Ella, que no había finalizado con la tanda de milagros, asiéndome de la mano me detiene y pasa a otro relato.

«La cosecha era siempre escasa y la vida ardua, estrecha y penada. No obstante, los vecinos jamás hubieran cambiado las privaciones en el campo por la holgura en la ciudad. El más resuelto entre ellos, un cuarentón que hacía las veces de intendente, sacristán y auxiliar médico, y hasta en ocasiones árbitro en las disputas vecinales, fue designado para agenciar la visita venerable. Tanto tiempo sin noticias de él, ya no lo esperaban cuando regresó en la compañía del santo que vio en la yerma superficie pejes desplazándose en diáfanas aguas. Y les habló así: "¿De qué les vale la tierra si no da fruto? Preferible es que muden el cauce del río, naveguen sobre las estrellas bajo el lago vespertino y sientan la gracia del espíritu en la calma". Y ese día comprendieron los lugareños el favor de los manantiales aplicándose a las labores del embalse que aún no acaban con la vehemencia de quienes han visto bancos de boquerones y plantíos de legumbres en el río y la mar».

Yo comienzo a descender los peldaños a la calle. Y es que me urge despejar la escalinata a los usuarios. Ella extiende los brazos y entrecruza los dedos diciendo: «Vaya al barrio El Arenal, pregunte por José, el renco, si quiere referencias de otros días, lugares y milagros. Pero vuelva, mire, yo lo he seguido muchas veces y sé tanto más de él».

Regresaré, afirmo, y le arrojo unas pesetas que ella corresponde con acopio de bendiciones. Cruzo la avenida La constitución y me adentro en El Arenal deseoso de dar con aquel sujeto que presumo tiene mucho que decir del santo. Aunque carente de referencias los ojos del corazón lo reconocen al instante. Está detenido frente al Mesón Arenales apoyado en un palo rústico que en su uso más noble le sirve de bastón. Atisba con avidez hacia el interior, donde toman el vino y saborean los manjares los parroquianos. Me acerco a él y lo observo con particularidad: una expresión frenética el semblante, contraídos los pómulos, extraviada la mirada, llena la boca de colillas, desdentado y baboseando. Aludo al santo: «¿A cuál tío cabrón se refiere usted?», interpela él. Insisto todavía. «Imbécil, me cago en su puta madre, mire que soy capaz de pegarle una hostia que le arranque la cabeza». Me cuestiono si me he equivocado, por lo que no estoy preparado cuando descarga el báculo sobre mi hombro. Trato de evadir el otro batacazo, pero se mueve con una agilidad inusitada a su edad, ni siquiera tiempo tengo para escudarme con los brazos. Asesta en la frente, sangre borbotea de la herida abierta, siento que la sien se dilata y pulsa. ¿De dónde había sacado tanta fuerza? Al recobrarme no le veo, permanezco clavado a la acera, desconcertado, no había mediado tiempo suficiente para que hubiera desaparecido en las callejuelas. ¿Acaso obligado por un deber inquebrantable el pobre hombre no puede revelar lo que sabe? ¿Es integrante de una cofradía secreta conjurada a defender al director espiritual contra la más mínima suspicacia? Estas interrogantes despiertan mi curiosidad, no obstante considero oportuno relegar lo que se ha convertido ya una obsesión.

Entro en la hostería desfallecido y con un dolor de cabeza desesperante, siento que los sesos pulsan contra el cráneo y poco más o menos explotan. Al verme así el gerente sale al vestíbulo, observa la sangre coagulada y me extiende un pañuelo con expresión apática. Fija la mirada en el alfombrado, respira hondo, y dice: «Es hora de que regrese a su país. No sé que busca en Sevilla, sin parientes, amigos ni referencias, deambulando por las calles en una ciudad tan cambiada, ni a los antiguos residentes es reconocible. Es de suponer que los paisanos toleren con ecuanimidad sus excentricidades ya que comparten los entendidos y las convicciones esenciales. Entre desconocidos, por el contrario, su suerte puede tomar un giro duro y aciago».

Dicho aquello cruza la tapa corrediza detrás de la recepción y me tiende un sobre estampado en tinta roja: *Air Mail*. Veo mi nombre en la caligrafía tan particular y percibo una figura grácil y tierna consintiendo a mis caprichos, celebrando mis ocurrencias como si nada de aquello tuviese relevancia porque lo único importante soy yo.

Relegar, y otra vez olvidar, cuán suspirado y favorable, si tan solo con abjurar pudiera ignorar el garfio que desgarró mi pecho y borrar la cicatriz supurante que dejó, mas no: látigos bárbaros me fustigan, y el hado que me flagela incrusta sus arponcillos en el músculo y tira de mí por el aposento y me lanza por las escaleras, incluso en los instantes más sublimes, cuando la brisa mece los naranjos y es generoso el mundo y la vida pasa sin contienda. ¡Cómo me asalta lo perverso del ayer ensombrecido! ¿Para qué sirven los recuerdos si despiadados descarrían los días por túneles de expiación?

Encuentro en la cómoda un cuadernillo timbrado con el membrete del hotel. Extraigo una página y escribo: Querida madre:

luego medito con insistencia, pero es como si ya hubiera terminado, se diría que el simple encabezamiento comprende todo lo que soy capaz de decir, y lanzo al cesto la hoja.

Aquellos que fueron mis progenitores se convirtieron en un anatema de esos que está tanto mejor ignorado. Prefiero pensar en ellos como eran antes de irme al colegio: decididos, dinámicos, estimulantes. Para cuando regresé ya habían caído a fósiles que irresolutos se aferraban a mí como lapas. Jamás he de aceptarlos cual tales, no: estos últimos son impostores, su veraz esencia resoluta perdura en otra dimensión en la que el ser es esotérico y trascendente.

Magullado por los porrazos hago buches para vomitar. No puedo controlar la sensación de desamparo. Es natural, se requiere compañía para mitigar el desaliento y alentar el ánimo. Bueno…, este no es el cuadro real, la intimidad compartida reconforta un lapso breve, dos años a lo sumo, tornándose en trabazón obtusa. Los provechos de la soledad son otra cosa, esos se aprecian a largo plazo: no sufrir a diario la misma cantaleta o tener que consentir a los más obvios absurdos o lo peor: ver sucumbir a la rutina la ilusión. La pasión es apetito genesiaco que se sacia en centelleo, mejor suspirar el amor quimérico en inacabable espera y nunca aplebeyarse a nada menos».

Despierto sobresaltado, entorno la persiana, veo la acera sombreada del naranjo proyectado por la luz de la farola, danzarín porque se mueve al mecer la rama el viento. Pocas son las pesadillas que recuerdo, pero anoche vinieron en un dormitar ligero y se quedaron: campos de amapolas eternas, por haber sido regadas con el agua bendita, mares atestados de pececillos dichosos, ya que habían conocido la gracia de las anémonas y las algas, aguas cantarinas que ganan la voz en los labios de las ninfas. Y, lo más dramático, un hombre con los pies en la tierra y las manos en el cielo.

Salgo descalzo, quiero sentir el sereno en el asfalto transformado a escarcha. Cruzo el vestíbulo tomando extremadas precauciones, casi no piso, qué pensaría el gerente, tan formal, yo juro que se quita los zapatos solo para ducharse y recostarse. Le echo un vistazo al reloj de pared: las cuatro de la mañana. Estimo que a la hora temprana la ciudad es exclusivamente mía y me rindo al impulso de vagar desnudo a fin de facilitar que mi espíritu y la energía inmanente que del monumental ámbito irradia se fusionen formando un solo ente indistinto. Un guardia civil agazapado entre la verja y la puerta de la catedral, agitando la mano de autoridad investida, grita: «Quieto ahí, en nombre de la ley». Yo trato de explicar el impulso que se posesionó de mí. Él me ordena callar. Yo no puedo contener mi nerviosismo ni desistir de mi justificación. De pronto ambos estamos gritando a la vez. En la confusión yo me transformo en tierna víctima y él en salvaje verdugo, derribándome a macanazos, arrastrándome por los cabellos, quebrándome las costillas a patadas hasta que me tiene por acabado, en verdad no creo que de otra forma daría fin a la golpiza.

Así termina la mística peregrinación: yo derrengado y sangrando y consciente de que queda por desandar el tramo a la hospedería. La jauría realenga me asecha con ojos flamígeros. Cosa triste es admitir que los perros también son cetreros con el caído. Entro en el vestíbulo, quiero pasar desapercibido, pero mis movimientos son tan desequilibrados que la mesa en la que me apoyo termina conmigo en el piso en medio del estrépito de porcelana y cristalería rotas. Despabilado el gerente me contempla desde la cúspide de su altivez, nada tiene que decir, no hace falta, yo puedo percibir lo que por mí siente sin que medien las palabras: desprecio.

Con el alba entran voces en la habitación, tan discordes, no puedo precisar lo que dicen, hablan en tumulto. Callan a intervalos, pero como si no lo hicieran, la trepidación que en el tímpano queda ofusca el discernimiento mucho después. Considero regresar a Puerto Rico; pienso en el santo y ya no me siento tan seguro. Tomo una ducha y recalo al lecho. Entre dormido y despierto entreveo la venerable figura pasar a la habitación y con su portentosa mano trazar sobre mi frente la señal de la cruz. Sé a la sazón que mi búsqueda no ha terminado, estoy atado a él, y este sentimiento es lo más importante para mí.

Entrada la tarde me empujo a rondar las calles de El Arenal con un castañeteo en los huesos y las lesiones infectas de los trastazos. A los residentes les fascina cotorrear; eso es, si nada recelan, de lo contrario adoptan la pauta del suspicaz implacable. Ese es mi caso: tan pronto indago sobre el renco me cortan perentorios y prosiguen mascullando vituperios y esgrimiendo gestos humillantes. No hace diferencia que comience señalando mis buenas intenciones y termine hablando de ese guiñapo como de un titán, me lanzan miradas aniquilantes y hasta me manotean en la cara, y luego se pierden apresurados en el laberinto de callejas que es este barrio.

Me da vueltas la cabeza, no por desmayo, requiero despejar la mente y escapar del pugilato de la gente. Me dejo ir, fascinado por la arquitectura de esta ciudad que ya tanto amo, de improviso me encuentro en el parque María Luisa. A este rincón de inagotable encanto viene mucha gente a ser tomada en cuenta, yo que estoy aquí buscando un desahogo aspiro solo a pasar inadvertido. No soy melodramático, pero se me parte el corazón de ver el tremolante tallo caído y la hacendosa hormiga despachurrada bajo el zapato, ¡ah!, tanta realidad es angustiante incluso en un lugar de maravilla. No es fácil de sobrellevar esta agonía inacabable, los estropicios no dejan de asaltarme los sentidos, zarandeando la fibra más tierna del espíritu, desatando emotivas sensaciones, se diría que conspiran para contagiarme el dolor del mundo y no dejarme ser feliz.

De mi niñez y mocedad la sobriedad sobre todo recuerdo con satisfacción. Cría aún me gustaba perderme entre los arbustos del patio de la casa. Podía pasar el día entero disfrutando la romanza de las aves y observando los insectos en su trajín. Así fui formando un profundo respeto por la vida no importa cuán embrionaria. Creo estaba ya consciente de la crueldad del humano hacia las otras criaturas de la creación.

En la adolescencia conocí la mar y ya solo quise estar en el atracadero de Cataño a la hora cuando los pescadores regresan en los chinchorros que llaman: *Chulo, Desafío, El que la hace la paga*. Entre ellos figura el que afirma: *Pasé la noche en aguas del Desecheo sin pescar ni un cotorrito; en cambio, cuando venía de regreso, cerca de la costa ya, sangre se me hicieron las manos de sacar la red y las trampas abarrotadas con una amplia variedad de pescados y mariscos.*

No recuerdo un día en el colegio que me sentara bien. Los compañeros de aula decían que yo era raro, que era tan delicado como una nena. En cambio yo consideraba que eran ellos los anómalos por groseros. Mas no debo engañarme, me causaron daño con su acoso, injuria y repudio infundiéndome recelos que me consternan todavía. No me place mantenerme aislado sin ocasión para intimar y compartir mis inquietudes con personas delicadas como yo. Jamás denegaré de este modo de sentir ni toleraré el escarnio de otros para que me acepten como soy. Estoy convencido de haber dejado atrás aquellos que me rechazaron y se burlaron de mí, si bien otros llegaron a ocupar su lugar, por estar ya yo prevenido, causaron una más leve impresión en mi psique.

Viajar me hace bien, de veras, aunque la travesía sea corta y trivial comparada a las aventuras de Simbad el Marino o la odisea de Ulises o la piratería de Cofresí. En el Yunque, apenas un mozalbete, en la compañía de mis padres descendía la vereda hasta la poza de la cascada y me sumergía entre las parduscas rocas, luego me tendía sobre la grava y observaba las formas que tomaban las nubes: bandadas de cisnes, caravanas de beduinos, cartografías de mundos por descubrir. Mi madre preparaba la merienda en tanto mi padre se entretenía procurando fotografiar las cotorras nativas, de las que quedaban acaso un par de docenas, por cuanto aquello era equivalente a ensayar una proeza, más o menos. No sé si fueron estas excursiones las que despertaron en mí la vocación de gran aventurero. De lo que estoy seguro es que en *Saint Thomas* me sentí tirado por el bullir del gentío carnavalesco y en la playa El quemadito en la República Dominicana confirmé la prístina gracia de este archipiélago de islas hermanas. Sevilla es otra cosa, empero no siento esta ciudad ajena: me solaza su aire morisco, escucho su pálpito en las calles bajo los naranjos y relamo sus intensos sabores centenarios en el polvo de las ruinas, así he llegado a conocer otros aspectos que no se ven. Amo su vivacidad y colorido y éste más grande de los ríos en el que un día viajaron los navíos de aquí adonde yo nací.

Hoy consagraría mi vida a la piadosa misión de equilibrar la razón y la fe, de modo que ambas constituyan una sola capacidad y perspicacia en el espíritu. Ni siquiera libre albedrío quiero para mí, que el móvil mundanal aprisiona en su urdimbre, mejor una existencia penitente con esencia divina en el indivisible avatar del Señor. Esta, en esencia, es la cuestión: ¿Qué gano con un mundo pasajero de lujuria si pierdo el eterno reino celestial?

Amistades no he hecho, en verdad no creo que tal vínculo sea dable entre los humanos. Aquellos que a mi vida llegaron de paso nada dejaron sino por una cicatriz o un quebranto, los que permanecieron a mi lado cayeron a menos con los años. Buscar una existencia aureolada en la compañía de otros no es más que escarbar con las manos en las aguas. El que ansía la gracia del Padre está solo con Él, devanando los piadosos pensamientos, haciendo la caridad, implorando el milagro.

No hay más eficaz medio de conocerse a uno mismo que viajar. Factor de gran relevancia es que en el ámbito isleño una vez se forman su opinión los vecinos es como si la vaciaran en un molde y la fundieran en acero sólido. Tal es mi caso, chismes circulaban: que yo era en extremo delicado, un ninfo, en fin, comentarios de esos que uno nunca sabe exactamente lo que imputan. En el momento que partí un nerviosismo persistente me tensaba los nervios y un grano como piedra en el gaznate me dificultaba respirar. Obvio es que me asfixiaba en el restricto cerco insular y enloquecía.

Es bella mi isla: en su cielo el sol más esplendente, en los litorales un océano y un mar turquinos, en el interior una cordillera plena de antiguos montes sagrados y entre las colinas magníficos valles labrantíos. Resulta incongruente que en este mundo paradisíaco la gente sea tan indiscreta e intolerante. Yo, que sufro la secuela del vilipendio sobre la carne por la lengua virulenta mancillada, como el bicho que elude el dedo asesino esquivo la ojeriza. No evado así el deber de resistir la inquina, sino admito que mi sangre como la daga corinta es roja también.

¡Cuánta conciencia he ganado tocante a los misterios de la espiritualidad! El porqué no he sido yo, ha sido el santo: anda pero no requiere de los pies, mira pero no precisa de los ojos, calla pero se hace oír. En contraste, yo he conocido otros que caminan y no llegan a ninguna parte, que miran y no ven, que hablan y nada tienen que decir. Son estos egoístasególatras, numerosos allá y acá, que ambicionan el provecho personal. Mas él tan solo anhela dispensar la gloria incluso a ellos que no lo merecen. Su ejemplo me ha conducido a sentir la Presencia Divina en el campanario de la Giralda, en la flor del naranjo y en las aguas del Guadalquivir.

¡Ah olvidaba!, otro giro favorable a mi vida le atribuyo al santo: la determinación de no invocar los momentos amargos, no sea que susciten malos pensamientos.

Cuando salí de Borinquén me sobrecogían ciertos recelos; nada extraño, a mí no me resulta oportuno estrenar camino si puedo hacer el trillado. No era ese el único enlace atávico al lar criollo, tampoco el de mayor trascendencia, si bien no estoy falto de vicios y defectos y la isla está interferida por el gringo y ocupada por la parte mayor de los expatriados del Caribe, yo no tengo otro país y este es el único que quiero para mí de todos modos.

El mejor momento de la vida universitaria, recuerdo, era el atardecer cuando podía recorrer el campus y los extramuros solo y a mis anchas. Aquellos cuatro años no fueron gratos realmente, ser particular como soy no fue favorable, pero me las manejaba bien en el anfiteatro con los filmes de *Fellini*, Buñuel, *Bergman*... Siempre he vacilado ante lo novedoso, por ello cuando el monitor académico me explicó que terminaba mi carrera un recargado peso descendió sobre mi cabeza, temeroso de iniciarme a otra etapa de mi vida en el mundo de afuera con otras reglas y expectativas. La realidad es que ingresé en la facultad como entra un reo a su prisión, y luego quise perdurar allí cual ermitaño en su gruta.

Ya medra la tarde, camino sin dirección, otra vez me encuentro en El Arenal. Alguien en andrajos está detenido en un callejón, no puedo distinguir el perfil, me recuerda al renco; sobre todo la inquietud con que mueve el cuello y empuña el órgano viril. Me acerco, cauto de no situarme al alcance de su brazo, consciente de cuan agresivo puede ser de sentirse provocado. Percatado de mi presencia, el sujeto indaga: «La contraseña». Sus palabras no me hacen sentido, no sé qué decir, me preguntó: ¿De dónde ha salido este fenómeno? Mantengo la distancia. Él insiste exasperado: «Me cago en su puta madre, o me da la contraseña o qué». Le digo que no entiendo lo que quiere. Él farfulla: «Joder, ¿es qué no reconoce a otro terrorista cuando lo tiene ante las narices?». Lo observo: rugosa la piel como el caparazón de la tortuga y estimo: El que fija su imagen en fotos conmemorativas antes de quitarse la vida y matar a otros sin distinción es joven y crédulo, no un vejestorio endurecido por la vida. En el momento que me dispongo a partir, el tío aquel susurra con un aire de complicidad: «¿Recuerda el avión de Pan Am derribado sobre suelo inglés?¿Quién carajo cree estuvo detrás de todo aquello?». La gente se aglomera en la calleja, se inicia la algarabía, el palmoteo, la mojiganga: *Tolondrón, tolondrón, el rey de los terroristas...* Obviamente, este es un personaje que tienen por chiflado. *Cerilla... mechero... dale fuego al mundo entero...* «Qué me dice de la hecatombe que fue el derrumbe de Las torres gemelas en Nueva *York,* el 9 de septiembre», musita mientras escudriña los alrededores. Trato de escapar a la tramoya. La turba cierra fila. Estoy aturdido, me siento marear. El sujeto se adelanta y se detiene frente a mí: una expresión delirante es el rostro con dos bolas vidriosas en lugar de los ojos. No puedo precisar quiénes, tantos brazos se unieron para empujarme, voy a dar contra él, que en el acto salta lanzando puñetazos. Si bien escudo el rostro con las manos, me alcanza las costillas y las vísceras saliendo del apuro lastimado. El gentío se dispersa. Cuando todos desaparecen en la noche echo a andar. El viento sopla cálido; sin embargo siento que me congelo, apenas me puedo sostener en pie, deambulo desorientado, al fin salgo a la plazoletita de la catedral en el noble barrio Santa Cruz.

En lo tocante al carácter hasta el individuo más autárquico sigue supeditado a los entendidos, inclinaciones y temperamentos de la parentela. Y cuando una cadencia lo estremece con su vestigio lejano y triste o le falla el amor o la realidad le hiere es el crío en él el que patalea y derrama lágrimas y echa en falta el solícito amparo. Experiencias que modifiquen los viejos patrones de conducta pueden sobrevenir. Así, cuando por primera vez yo conocí al santo un sentimiento sacro se posesionó de mí abriendo una puerta a un universo insospechado que jamás se ha de cerrar. No puedo apreciar mi vida pasada, apenas la entiendo ya, francamente me repugna.

Enfebrecido voy en busca de la pordiosera a los Archivos de Indias. En la parte superior de la escalinata una pareja amartelada se manosea. En la parte baja está detenida una mendiga más marginada aún de la vida social que la devota del santo. Cuando le pregunto por la otra dice molesta: «Esa desaparece con la caída de la tarde. ¿Adónde? ¡Vaya usted a saber! El que tiene por techo la bóveda celeste dondequiera tiende su cama turca». Proyecta tanta mordacidad, casi le niego la limosna, a más de que apenas tengo para los gastos ordinarios por unos días, pero se impone con piedad la conciencia y le doy el menudo que llevo.

No solo el agotamiento, con los golpes me flaquean las rodillas. Vuelvo a la posada confiando que muy pronto habría de conciliar el sueño. Pero conmigo lo anticipado raramente pasa; además estoy excitado, chispazos convulsionan el sistema nervioso, algo así como un cortocircuito. Aplomo, me digo. Me imagino tendido en Isla Verde con el batir de la ola por arrullo y la fresca brisa sosegando los sentidos. Después me visualizo en una hacienda del interior con el tintineo de las aguas en medio de una serenata coral de coquíes, de los que está muy bien provisto el terruño. Esas argucias ingenio mientras entro y salgo insomne por los túneles de la conciencia.

No sé cuando me dormí, no hay reloj adentro ni luna afuera para calcular la hora, juro haber tenido pesadillas, ninguna empero recuerdo. Con el repique de campanas al mediodía, rígida aún la osamenta y un hormigueo en las extremidades, tomo un baño ligero y parto apresurado a reunirme con la pordiosera, esa que dice conocer otros prodigios del santo.

Estaba allí, cerca a la pared en sombra cobijada, el rostro levantado, no sé si explorando el astro rey o contando las nubes realengas. «Lo sé todo, y me apena, debí haberle prevenido, es rudo, mas no lo culpe, en la orfandad y la penuria creció sin un lugar para él, pues nadie se lo dio, y ahora, en esta ciudad, ¿quién si no el santo se interesa en su infortunio?».

Gran consternación se advierte en la articulación atragantada. Estoy conmovido, procuro sosegarla, diciendo: Cálmese, por Dios, que nadie tiene que disculparse por los deslices de otro.

Hermoso día, rotunda luz diáfana se cuela contrastando con el pringue en las greñas, el tizne en la cara, la mugre en los harapos. «No lo juzgue usted insensible por sus modales, no: basta una flor marchita, el zureo de una paloma, un pensamiento fugaz para emocionarse. Para justipreciarlo hay que ver más allá, no la ira, ni el talante, sino la entereza de carácter y la constancia en la amistad». Observo que la pobre tiembla tan lívida como el cadáver. Yo no vine a hablar del renco —puse en claro—. A mí me concierne el santo y sus prodigios nada más. Y he aquí que sobreviene en ella un cambio tan repentino, semeja al moriviví. «Póngase cómodo y concentre su atención para que no olvide lo que le voy a relatar».

Hay una pausa prolongada que aprovecho para dejar la imaginación volar sin rumbo ni freno. Ella parece estar distante, inmersa en los túneles de la memoria. Al fin se repone y da inicio a su relato.

«Llegaron un anochecer cuando la calma le impartía un aire de melancolía casi místico al ambiente. Dos labriegos, recuerdo la callosidad en las manos, la piel quemada, los trapos pasaditos, la torpeza en la expresión y el proceder, con unas talegas de patatas y cebollas para el santo. Venían con el refrendo de los convecinos diciendo: "Son las cigarras, trillones de ellas, no se callan, emiten un chirrido ensordecedor que se cuela por las rendijas de las casas y nos pone de mala leche, en un estado de nervios que amenaza la cordura". El santo dejó el asiento y cogió el sobretodo de la percha para acompañarlos al villorrio; tal como era su costumbre, él, a fin de apremiar su gestión de intercesión divina, no dilataba. Y yo, como siempre, le seguí.

»Jamás he visto nada igual: las casuchas usurpaban las aceras, donde la gente electrizada lo esperaba. Piedad se transformó el rostro del santo, las manos elevadas en rogativa, pausado comenzó a duplicar con la voz el chillido de la chicharra. Al principio los vecinos se mostraron desconcertados. Una voz aquí, otra allá, poco a poco, se fueron sumando hasta integrar una masa coral, si bien no del todo consciente de lo que hacían. Los vecinos chirriaron en un arrebato ciego de la noche al alba, cuando el santo les devolvió la calma diciendo: «Mejor destino no hay entre los que cantan que el de la cigarra: chillar y otra vez chillar, chillar hasta reventar. Tal, en su tenacidad, Dios le ha dado de las criaturas el más elevado don: la inmolación por amor a la canción. Deleitémonos con este Sócrates de la música que tiene por precepto cardinal algo más digno que la vida».

Un ataque de tos sacude el raquítico torso de la mendiga. Carraspea, luego lanza un gargajo verdoso sobre el cementado y se restriega la boca en el antebrazo. Da pena: lucha por recobrar la respiración. Es un catarro de los crónicos, si no lo atiende la ha de sepultar.

«Hoy prodigio es que en tiempo de las chicharras los vecinos danzan, dicen misa y llevan a cabo verbena. ¡Hay que verlos, troveros felices tanto en la alabanza matutina como en la cantata vespertina! Se diría que si antes estos insectos importunaban ahora deleitaban».

Suspicaz, he aquí lo que inferí: sus milagros no hacen sino rectificar la imprudencia del humano al no aceptar el propósito divino en la creación. Ella me observaba apoyando la mandíbula sobre la palma de la mano, una mueca irónica se desdibujó en la cara. «Precisamente, el santo pretende anular los efectos sacrílegos de querer cambiarlo todo». Yo concluyo que ella tiene una extraña facultad para discernir lo que pienso. ¿Recuerdas otros milagros?, inquiero, simulando interés, cuando realmente lo que quiero es cambiar el giro de la conversación. «Por supuesto —proclama ella—. Os voy a relatar dos: el del agua y el de la montaña».

Le veo tomar cuenta de los trapos, sino asco, descontento es la expresión. A poco recobra la compostura. Discurro: no otra alternativa tiene el que ha terminado en la condición mendiga, esa es su vida, si deniega de ella la pierde. Y siento pena de ella, que solo al santo concierne.

«Para cuando comencé a seguirlo ya él había obrado otros milagros de los que no me han llegado referencias. Tengo, sin embargo, la certeza que también sustentan el plan divino y nada nos aportarían informarnos. En lo que a los peregrinajes respecta podemos dejar fuera consideraciones de alojamiento y sustento, puesto que siempre nos las arreglamos en las más humildes de las posadas y con las sustancias que vengan a nuestras manos; faltos de estas, nos guarecemos bajo las aristas en las barrancas y ayunamos».

Me acerco para mejor apreciar lo que va a decir, pues generalmente habla con rapidez. Tiene un aire circunspecto, quiere subrayar que el relato apenas ha comenzado.

«Pajizo como el que sufre de la bilis, por la puerta siempre abierta entró con el alba un joven sombrío. Se echo en un asiento y comenzó a roncar, tan ruidoso, ningún otro sonido se oía en la casa. Entrado el atardecer se levantó y se sirvió del agua con la avidez del beduino en el oasis. Ya no lucía tan consumido: los ojos más fulgurantes, la piel menos amarillenta, los movimientos más ágiles y vivarachos. Trató de aclarar el móvil que lo había traído allí, mas no encontró las palabras, la secuela de un vocabulario escaso y una intensa ansiedad, sospecho; con todo, tuve en claro que en su parte del país las aguas son terrosas, densas y salobres. Le expliqué que yo no era el santo y que ignoraba cuando retornaría él, porque nunca dice adonde va y siempre anda sin horas. Si bien nunca protestó, el pobre hombre tuvo que ver cuarenta veces las manecillas del reloj marcar las doce, perder las cuentas del rosario otras tantas veces y anhelar volver a casa con desasosiego mucho antes de que regresara el santo. ¡Ah, qué conmovedor momento aquel! Venía exhausto, mas, tal como si nada, con gentileza accedió a acompañarle a la aldea esa misma tarde».

La veo sacudir la osamenta agotada, es natural, no es una jovencita, además del agravante de la vida que lleva. Yo me hago el desentendido y ella se toma su tiempo para seguir la narración.

«Viajamos por el escarpado camino hasta la postrimería del sol y el principio de la luna entre montes zarceños y llanuras estepárias, conscientes de cumplir con un deber nazareno. Sola, en la falda de un montecillo había una casucha y en el pórtico una mujer con un vestido desgarrado y cinco chiquillos escuálidos en torno a ella agitando un pañuelo a modo de recibimiento. Erase un lugar pedregoso, y en este un pozo con brocal, garrucha y cuerda y un arroyo calizo, turbio y denso. El santo procedió a la torrentera, recogió un puñado de agua que degustó aplicado, tal como un catador prueba el vino de la cuba. De allí se fue al pozo y repitió la prueba. Por último tendió las manos hacia el anfitrión y dijo exaltado: "Dos disyuntivas la vida nos ofrece: o gustar las aguas turbias y salobres en nuestra era o suspirar otras dulces y diáfanas en lares lejanos y ajenos. Os digo: venturoso quien en sus campos se aviene a las aguas que Dios le dio a tomar"».

Comienzan a salir los asiduos y el personal de los Archivos de Indias a los almuerzos. Hay otra opción —indico impávido—: cisternas para recoger la lluvia. Al punto la vi esbozar una sonrisa: «¿Y no es la lluvia un prodigio del Creador? ¿Entiendes? De todos modos un milagro».

Dicho esto prosigue al otro portento:

«Volvíamos por el mismo camino bajo el plenilunio cuando oímos voces procedentes de un descampado rayano. A poco se nos plantó de frente una cuadrilla de unos doscientos hombres. Yo pensé que eran bandidos, adrede allí para asaltarnos. Eran labradores de la serranía que informados se encontraba el santo en la comarca esperaban por él. Querían que moviera una montaña cuya cumbre desviaba el soplo de los vientos por sobre la aldea en el valle haciendo del lugar un infierno y de la existencia un sudario. Allá nos llevaron la misma noche. Una aldea asimétrica de casas colgadas en los desfiladeros o trepadas en la falda del cerro. En el centro la alongada plaza y en esta una iglesia y un ayuntamiento, todo de estilo indefinido. El santo se detuvo en la ladera solo, no obstante yo tenía la impresión de que estaba acompañado. Me enternece aún haber percibido en su rostro iluminado la mirada que pintan de Jesús, y fue tal mi turbación, tantas las pujantes emociones agolpadas que no puedo precisar lo que sentí. El santo iluminó la cumbre con las manos extendidas como faro de luz. Yo sentí que temblaba la tierra. Pero entonces habló él: "Bienaventurado el que sin mover montañas no las tiene por obstáculos. Así, queriendo mudarlas, las deja estar por tenerlas ser tan parte de la creación como es él". Y aquellas almas sencillas, conmovidas de atisbar ser partícipes del designio sagrado en los dichos del santo, cayeron de rodillas pues entendieron al fin que también se sujeta al plan divino la fe y la tenacidad de los creyentes».

De nuevo siento que la pordiosera escruta mi rostro queriendo sorprender las verdades que no están ni a flor de piel ni en la reticencia de las palabras. Cuando aludo a la actitud suspicaz que entiendo aquello implica, dice con ironía: «Desde que descubriste al santo anhelas perfeccionar tu espiritualidad con una determinación que nada puede ya detener. Sin embargo falto ha sido tu adelanto por parcial: sabes de sus milagros como discierne un ciego el barco que entra en la rada, entiendes el ser que no yerra como si fuera un don separado del portento. Debes expandir la periferia de tu búsqueda, hurgar las raíces para recibir las emanaciones de la tierra y aspirar el aire puro y probar las aguas que sacian la sed por siempre; y para ello debes ir a su pueblo natal, Miranda del Castañar. Porque la gracia no está en el hombre sino en el niño. Eso es».

Estoy desvelado más allá de la probabilidad de atrapar el geniecillo del sueño. Salgo a la calle a tomar el aire. Las cuatro y media de la mañana, ciertamente no es hora de pasear. Como sombra en el celaje, una silueta idéntica al santo cruza por el costado de la Giralda. Nada puedo precisar, pero la toga blanca y la impresión que imparte de levitar sobre el pavimento indican que es él en la distancia. Cruza hasta la Puerta de Jerez y se detiene a hablar con un mendigo que adolece de una pierna ulcerada y supurante y se apoya sobre una muleta. Antes de marcharse pone la mano sobre su cabeza y le bendice. Más allá, en la Glorieta de San Diego otro mendigo le aguarda. Saca del bolsillo un bocadillo y se lo da haciendo la señal de la cruz. Cruza la avenida María Luisa y entra en el parque que lleva el mismo nombre. Ahora lo sigo tan de cerca, está al alcance de la mano. Atravesamos el Parque hasta la Plaza de España…

Aquí estoy de vuelta al hostal, confundido, no creía tener espacios en blanco en mi vivir, sin embargo lo que sucedió en la Plaza se borró de la memoria. Afuera amanece y es como si el tiempo no hubiera transcurrido. Esta es la verdad: a veces capto la imagen del santo y la tolero, otras veces no la soporto, me sobrecogen sentimientos mixtos, no sé si antes fui su adepto o su enemigo o si ahora soy él. Su temple me resulta sobrecogedor; incluso momentos hay en que dudo de su existencia real. ¡Oh estaba llamado a desaparecer!, con la violencia si era preciso, el Papa mismo me lo ordenó…

Qué le ocurre al gerente, inmóvil bajo el pórtico, atisba a todos lados como quien espera recado. Cuando nos topamos me entrega la factura diciendo:

—La habitación que ocupa usted ha sido reservada, el huésped llegará mañana, desocúpela antes del mediodía.

Insólito, es él el bribón, y sin embargo exhibe el gesto mohíno del injuriado.

Una mirada a mi rostro le basta para percibir la contrariedad en mí; después, entrecerrando los ojos, dice:

—Un día, dos meses o tres años, dígame, cómo espera usted que yo conozca su estadía si nunca la especificó.

Admito que este ser adiposo y execrable no me agrada, empero profeso amarlo y en silencio le bendigo por no injuriar a Dios.

Me retiro, cabizbajo, a la habitación. Repaso perplejo el falto mobiliario, el opaco espejo, incluso las grietas en la pared, consciente que será la última vez. Si vacilo es natural, vengo del amparo de mis padres en una colonia en el Caribe, no el más acorde de los orígenes para suponer que me las puedo manejar en esta península foránea por cuenta propia. Pienso: me apena esa gente que como perro realengo merodea las esquinas sin aposento al que llegar. Y no quiero ya salir a rondar las calles.

Duermo muy bien, quizás para aprovechar el lecho que pierdo. Ya me dispongo a salir de la habitación cuando advierto la carta sobre la cómoda, nada sorprendente, todo lo echo al olvido. Trae un *Traveler Check* por la suma de cuatro mil quinientos trece dólares y un pliego con una caligrafía realmente bella.

Nene:

No hay noticias de acá y anticipo que tampoco las hay de allá, así pues no hay que enviar más de dos letras. Mantenme informada de tu paradero para las remesas cuando el dinero no te alcance.

No lo esperaba, pero llega cuando más oportuno para costear el viaje a Miranda del Castañar. El sobre no anota el remitente y la hoja manuscrita tampoco ha sido firmada. No hace falta. Pienso en mi madre. Presume ser devota cristiana, dice sufrir las miserias del prójimo, pero no hace la caridad, en verdad lo único que le concierne soy yo. ¡Qué delicadezas!, con ella nunca es esto o lo otro, entiende que no puede ser de otra manera y elude exacerbarme con intransigencias. No miente en su carta, aún cuando es lo opuesto de lo que quiere.

En esto las campanas de la Catedral me evocan con su repicar el sermón favorito de mi padre a ella: «Deja ya de malcriar ese muchacho, mujer, que aprenda a negociar la vida como un macho antes de volverse maricón». Y era como si hablara solo y cayeran al vacío sus palabras. «Cuando vas a entender que no siempre nos tendrá a su lado, que debemos ser modelos para él y que se haga responsable de sí mismo». Pero nunca halló en ella un aliado.

Nadie como ella penetró mis inquietudes ser adentro; sobre todo cuando facilitó la peregrinación que hizo posible dimitir de lo que fui y aceptar lo que soy. Antes nada me importaba, subsistía sin interés de vivir; ahora siento conmociones de dicha y tristeza, accesos de amor y piedad, estos estados de ánimo motivan otros sentimientos que antaño ni siquiera imaginé. En realidad no supe lo que quería hasta que conocí al santo, desde entonces ansío seguirle cual devoto y obedecer su santa voluntad, más no pretendo.

Viajo tan bien como mejor me las puedo arreglar, la mayor de las veces extraviado. Paso puentes, acueductos, arcos y templos romanos, restos de castillos y fortalezas moriscas y aldeas que tiran a entrelazar la tierra y el paraíso. Mucha es la gente buena con que me topo y que comparte el cobijo y la mesa con un perfecto desconocido. Ellos me confirman y yo afirmo: Los hay que no son aves de rapiña.

Me sorprende desde lo alto el conjunto de murallas, torres, iglesias, casas familiares y palacios que es la ciudad monumental de Cáceres. Decido detenerme y revalidar que algo permanece más allá de su época. Cruzo la Plaza Mayor y el Arco de la Estrella y tengo la impresión de haber revertido al Medievo. Cuando examino los edificios me convenzo que los antiguos habitantes no eran diferentes a nosotros: la misma terca obsesión de impresionar al vecino con idénticas rivalidades. Ojalá hubiésemos aprendido de su desatino que mayor gozo no hay que amarnos los unos a otros, ni mayor suerte, ni más perfecta vida. Pero para asimilar este orden de cosas no basta entenderlo como lo que se aprende viviendo o se lee en un libro o se ve en la pupila ajena, no, hay que meterse dentro y contemplar la vida pasar llena de gracia divina.

Bajo a la Plaza Mayor. En medio de los turistas que se sientan a pedir menestras de la tierra, jamón, queso y vino extremeño, la figura de un joven ciego con bastón ronda entre las mesas. No vacila en su gestión, la mano firme en torno al fardo de billetes de la lotería. Él me da la ocasión de admirar su pertinaz vida que no es más limitada que la mía, pía emulación. Una piedad inusitada embarga la psique, le tiro un guiño, nada importa que no lo advierta, no lo hago para él sino por mí. Me acerco a él requiriendo:

—Un billete, por favor.

Él ya no es el mismo: alerta, ufano, pleno de atención, me muestra el fardo:

—¿Cuál prefiere?

—Elija usted —digo jovial.

Sin titubear me ofrece el primero que cae en su mano:

—Tiene suerte, lo sé, será premiado, esté atento, lo transmiten por la tele a las doce.

Habla persuadido. Pienso: ¿qué relación hay entre el azar y la vista? Le doy una suma que él al tacto verifica.

—Ya he sido agraciado…, a ti, no al hado, apuesto, quiero decir.

Vuelvo a subir la escalinata a la monumental ciudad. Entorno los párpados. Ahora, como nunca, quiero aligerar el recorrido a Miranda del Castañar, ese ámbito que sustentó la niñez del hombre con el don del santo, tomar las aguas purificantes y oír el mirífico gorjeo de las etéreas aves. Solo me contraría saber que, mientras peregrino por estos caminos, allá, en Bayamón, lo más mío adelanta y pasa. ¿Hallaré abandonada mi casa y mis padres bajo tierra? ¿Qué habrá sido del vecino que en verano irriga con orines la hortaliza, de la mujer que se place en exhibir sus partes pudendas simulando no darse cuenta y de la anciana que con un andar de tortuga callejea del alba al crepúsculo?

Regreso a la Plaza Mayor para la cena. Siempre lo mismo, este espacio urbano no aguanta otro fonducho. Los camareros hacen señas con las manos seduciendo a los parroquianos a las mesas. Pienso vivamente en la rata y el cangrejo, opto por adentrarme en la ciudad tras un mesón de esos de antes del auge turístico y salgo ante un rótulo luminiscente: *Cuba Libre*. Tiene un pequeño bar al frente y detrás el comedor, todo modesto y algo lóbrego pero acogedor. En la carta encuentro: *Arroz a la cubana*. Me siento transportado a esa otra parte del planeta, y luego un estado de expectación en mí sobreviene hasta que el platillo está servido. De la barra despachan una jarra de vino, tras lo cual se acerca el propietario para el saludo, pronunciando como lo hacemos en el Caribe:

—Oye chico, ¿no me digas que eres cubano?

Se le brotan los ojos viendo un mar de espuma desde un malecón de ensueño. Quise decir: Yo también quiero una ribera que lleve a mi propio anhelo.

Dije: —No, puertorriqueño.

—La misma cosa, las Antillas Mayores son igualitas; bueno, unas más grandes y otras más chicas, pero todas tienen ríos, cordilleras, bahías, coño, y unas hembras que saben cómo hacer su hombre feliz.

Sus palabras no van a la oreja sino al corazón dirigidas, y más que expresar ideas extienden abrazos. Veo en sus ojos asomos de lágrimas. Basta, razono, tristezas sobran. Le pido me indique un alojamiento cercano.

—El mejor, porque nada cuesta, cuando termine la cena se lo mostraré, está en la parte trasera, con baño y entrada privada. Realmente es espacioso y está decorado con cierta elegancia.

Me entregó la llave, diciendo:

—La ropa de cama se mantiene limpia, solo la uso yo, es decir, cuando seduzco una hembra; claro está, ellas si pueden elegir prefieren a los mozos.

Concluido el banquete salimos del mesón y vamos al apartamento. En el umbral de la puerta, el anfitrión se despide y da la vuelta. Alrededor de la medianoche me despierto con el buche descompuesto y la cabeza reventada. Vomito en medio de la cagalera y no tengo dominio en cuanto a qué hacer primero. Cuando pienso que ya he terminado de evacuar se reanudan los pujos y las descargas. No puedo mantenerme en pie. Con el amanecer, quiero proseguir mi viaje mas no puedo, me sobrecogen accesos irrefrenables aún después que ya nada queda en el intestino para eliminar. Con el atardecer se presenta el cubano a saber de mí. Me encuentra en mal estado.

—¿Qué le pasa? —pregunta taimado y se echa a reír.

Observo su rostro matizado por el flujo sanguíneo del carcajeo:

—Algo me sentó mal —digo señalándome la panza.

Se acerca y ausculta la calentura en mi frente.

—No fue la comida, puesto que lo mismo cené yo, y el vino no lo tomó como manda *Omar Khayyam*.

Me siento despreciable:

—Pero es que yo no soy un bebedor.

—Y yo debo admitir que tomamos un tinto rústico que reservo para mí —dice ladino.

Y vuelve a la risotada en tanto sale de la habitación. A poco regresa con una botella de agua mineral:

—Le recomiendo alojarse otra noche aquí, ¡ah!, y no olvide dejar la llave sobre el tocador.

Estas lacras en la conciencia se enconan a la más leve de las frustraciones, no tienen límite, se recrudecen con los años, subyugan la voluntad y arrastran el cuerpo por calzadas de escarpia con incrementada potencia. Carecen de moderación en sus estragos ni de medida en su duración y hasta el fin nos aguardan para tenderse como buitre sobre la presa hecha despojo. Vivimos perseguidos por engendros del pasado, luchando por cuanto somos, librando nuestro destino de los espectros del aire, las ánimas errantes de la tierra y los monstruos de la mar. ¡Desgarradas voces de la infancia cesen ya de llamar!

Tengo pesadillas, así es, demasiadas veces despierto sobresaltado con la impresión de haber visto un viejo resurtir a feto.

Salgo con el alba repitiendo: Feliz quien viaja temprano, y más si tira de él el llamado de la fe. Sabemos lo que buscamos, pero no el porqué de la búsqueda. ¿Acaso permanece indefinido hasta el momento oportuno? ¿Surge de repente ante una coyuntura inconexa que elude la razón? ¿Está en otra dimensión lejana y etérea? A mí me alienta la imagen del santo con su mirada de lirio y testa de girasol. Sin su ejemplo y guía mi vida atea no hubiera cambiado y yo no hubiera encontrado mi sacro destino.

Otras sensaciones fluyen en tropel de hechos concretos: la compañera de aula que soñolienta aligeró su tránsito en la cuesta de Guajataca con una panorámica de mar a su costado. La estrella del béisbol que cayó a jugar con las medusas en una fosa del Atlántico volando sobrecargado de generosidad en la noche de los días en que no salía el sol. Y el cantante de voz melodiosa que precisó la droga como lágrima la sal y con el tiempo una trombosis lo dejó sin voz. Estas efemérides dejaron en el alma una amargura de espanto y un matiz de flamboyán sanguinolento.

Unas reminiscencias vienen a sacudir la fibra más sensible del corazón y a empapar los ojos y a traer sensaciones agridulces al paladar. En el trinar del ave en la jaula, en el hálito de la flor en el tiesto, en la joven que evade un bache en el lodazal hay unas congojas y unos señuelos que incitan las sombrías emociones. Otras sosiegan. Comienzan con un sonido o aroma o una fisonomía que despiertan impresiones de otros días felices. Evidentemente ya no son meros estímulos a los sentidos, han tomado la substantividad que tener pueden los sentimientos y están en todas partes con nosotros. Estos esbozos oportunos resaltan las personas, los momentos y lugares que añoramos por amor.

La pordiosera dijo: «Debes viajar a Miranda del Castañar», o algo así, pero nunca me advirtió cuántas vueltas hay que dar. Momentos hay que la razón sugiere dar marcha atrás, mas la panorámica mueve a perseverar: declives que se hunden en el vientre de la tierra, torrentes jaspeados de peces y cañadas que se reanudan con intención de nunca acabar. Hay también un bodegón a la orilla de la carretera que hace el trayecto más llevadero; así es, sin dejar de ser un pequeño vía crucis.

Resulta ser una plácida comunidad agrícola. La calzada sobre el espinazo del cerro se extiende entre las ventas hasta una pequeña plaza de la que irradian unas pocas callejuelas a los límites del poblado. En un costado enclavan las ruinas de lo que pretendió en su día ser un castillo. Del conjunto arquitectónico no hay que decir sino que es deslucido, modesto y desprovisto de interés; sin embargo tengo la corazonada que lo particular del lugar no es lo que a la vista gorda se capta, es algo más sublime que precisa sentirse bajo el tejaroz donde juegan los niños transpirando.

En tanto le quedan horas a la tarde circulo los callejones. Con la noche me reclino contra la tapia que delimita el caserío del barranco. Sopla una brisa templada y una higuera multiplica los insectos a plaga y a vorágine. Varios vecinos me convidan a pernoctar en sus casas, pero yo quiero sentir el hálito del entorno y empaparme con el deífico rocío. Paso la noche llorando, imaginando la infancia del santo, viendo su nívea figura flamear en el aire, espléndido y puro, jugueteando con los arcángeles en tanto yo permanezco trémulo, la piel enhiesta, el paladar acidulado. Se acerca él con la luminosa mano extendida, lleva un dedo refulgente a mi frente y eso basta para sosegarme. Una ráfaga agita las ramas de la higuera y un sinnúmero de luciérnagas revolotea sobre la imagen formando un nimbo áurico. Balbuceo: al fin he conocido la gracia de la luz sobre el espíritu y reconciliado las antípodas profanas: fe-razón, esperanza-duda, caridad-apatía. Y esto redunda en una especie de catarsis que me permite esclarecer el nexo entre el sonido de la mar y la voz del caracol. Entonces me tiendo a dormir sosegado, ya nada tengo que temer ni en el sueño ni en la realidad.

El día entra como de pascua. Un rostro cuarentón con sonrisa de ángel se destaca al primer rayo de sol. Me lleva a su chamizo, si bien falto de caldera y chimenea tibio con el rescoldo de la estufa y el latir del corazón. Lo espera su perro agitando el rabo y haciendo bulla con los ladridos, nadie más. Dice lo esencial con la humildad con que hablan los labriegos. Sirve el tocino, el pan y el vino con la mano estropeada por el arado. Este es un hombre que negocia la vida con entereza. Del tinto no pruebo una gota, no olvido la resaca en Cáceres, del tentempié como a saciedad. Después le hablo del santo. «Mire, los santos están en el cielo, nosotros no, que estamos aquí donde es mejor tener los pies firmes en la tierra», dice él en una oración lúcida. Y vuelve al laconismo como a la casa. En esto nos despedimos, él hacia sus predios labrantíos, yo hacia la plazoleta.

Deambulo las calles preguntando: ¿Conoce usted al santo? ¿Cuál es la casa en que se crió? ¿Qué recuerda acerca de su parentela? De estas indagaciones nada saco en claro, los vecinos con una sonrisa vacua, como efigies, parecen no tener ni oídos ni lengua. Ni siquiera el cura aporta un detalle. Otros medios de investigar no tengo, no sé su nombre de pila para los registros civil y bautismal.

Exploro el campo, una vasta extensión de hondos declives. Nada comparado con mi espíritu, ese sí no tiene fondo; cuando supongo haber llegado a una planicie, la misma topografía se reproduce como si toda la superficie fuera un abismo intermitente. Peor inconveniente hay en el sendero que va a reducirse a vereda y más adelante a trocha y finalmente a rastro en la hierba. Entre el forraje encuentro un relicario con un rosario, una bandada de aves tontas levanta el vuelo, me estremezco: ¡Jesucristo!, ¿será posible que estas sean las cuentas perdidas del niño santo?

Veo una anciana que desciende la trocha por delante cuando ya no se divisan las techumbres de las casas del poblado. Se detiene, gira, levanta los ojos y dice con voz entrecortada:

—Entiendo que busca al santo.

Afirmo con movimientos de la cabeza, jadeante, dudando si me saldrá la voz.

—Sígame pues.

Camina de prisa, sobre todo si se toma en consideración la edad provecta, el cuerpo menudo y la abultada indumentaria. Pasan horas, y solo una vez quiebra su silencio:

—Quien de todo carece, la calma tiene.

Fatigado al borde del colapso yo, ella con ese brío que proviene de un corazón frenético, por fin nos detenemos ante la boca de una gruta en el desfiladero. Ella señala hacia la cueva en sombras indicando:

—Llegamos, entre a conocerlo.

La caverna tiene una cavidad despejada y ventilada. En el centro, una figura petrificada por el tiempo entona un canto llano y monótono como si estuviera en una catedral y fuera él un chantre. Lo observo, está ahí pero no está, no realmente, sino como un tonto al que el tutor olvida en el terminal de línea. Me acerco circunspecto implorando:

—La fe, divino mensajero, revele las buenas nuevas y lo que procede de la profecía.

Hay un vacío cerrado cual ausencia y un infinito silencio.

—La esperanza, maestro, y la humildad que agrada al Señor.

Permanece callado como antes.

—La caridad y lo que nace del milagro.

Persevera distante y taciturno.

Salgo del antro decepcionado. Ella observa el desconcierto en mi semblante y dice:

—El alma si quiere ser pura ni piensa, ni habla ni obra, precisa la inmovilidad de la piedra, no el fluir del agua, sino peca.

Compadezco al penitente que pretende alcanzar la santidad con el pensamiento en blanco, la boca cerrada, las manos atadas. No es favorable desdeñar los atributos intrínsecos a nuestra naturaleza. Un alma ausente adrede no se mejora, no importa cuánto se abstenga de pensar, oír, decir, hacer. El verdadero santo vincula la razón y la fe y la acción en el *súmmum* misterio del milagro. A quien no le concierne su prójimo prescinde del precepto mismo de la evangelización. Santificado es quien trata a su semejante como si fuera él mismo y no tiene reparos en emular al buen pastor que guía su rebaño por los caminos del bien.

Salgo de mis reflexiones y entro al misterio de que la anciana se ha esfumado. Jamás lo habría imaginado posible, no hay desvíos para apartarse ni arbolado para agazaparse y remontar el cerro al poblado requiere tiempo.

Al día siguiente me topo con la anciana saliendo de la iglesia, lleva un rebozo negro. Cuando le explico mi asombro al no encontrarla chilla furiosa:

—Mentira, ni anduve ayer por el campo, ni he cruzado palabra con usted.

Los curiosos comienzan a congregarse. Yo considero prudente salir cuanto antes del enredo. En ese preciso instante la mujer se convierte en una terrible interrogante, porque cómo iba a ser mi guía en la realidad un ente irreal como en un sueño, una Helena, un celaje.

Me pregunto todavía cómo fui capaz de hacer el trayecto a Miranda del Castañar, la parte mayor exhausto, ulcerado por los zapatos, despaldillado por la valija de trapos. Un camionero se detuvo y me llevó un trecho en el que repuse algo de mi vitalidad. De una botija tomó un sorbo, luego ofreció pasármela con insistencia, yo rehusé con un gesto de agradecimiento aludiendo a que no tocaba los licores, pero nada cambió su expresión de contrariedad. Le hablé del santo. «Ese era mi hermano, si señor, aún se me aparece rasgueando la guitarra y entonando a la altura del tenor los salmos. La agonía de haber sido de los escogidos uno, en conjunto con la pesadumbre de tener que elevar tantas plegarias y estar tan solo, incluso sufrir el escarnio de los vecinos, lo arrastraron al vicio hasta el *delirium trémens*. Convirtiendo en vino el agua pasó sus últimos días…, explico…, yo no lo vi…, nadie lo vio… pero quién podía dudar de sus inefables palabras».

Debo callar, lo sé, pero me siento obligado a poner en claro que mi santo es oriundo de Miranda del Castañar. Veo el rictus en la comisura de los labios, las manos presionar sobre el volante, el torso compactarse. «Cuidadito, no me toque los cojones, que en esta sierra mi hermano es el único santo. Tíos hay que dicen haber recibido la gracia para ponernos de mala leche. Tal fue hace unos años en las inmediaciones de La Alberca con un idiota que decía pasar las horas en el huerto bailando desnudo con las diez mil vírgenes. Los vecinos se disputaban entre sí un lugar desde donde mejor disfrutar del inusitado espectáculo. Nunca nadie vio las danzarinas, ni el cabrioleo, ni los abrazos, tampoco pudo decir si tienen cuerpo, si son bellas como las flores, si se cansan como los vivos y si les sudan las axilas. No obstante, crédulos hay que lo tienen aún por santo».

En esto el sujeto detiene el camión en un cruce y me ordena salir del vehículo. «Observe las indicaciones de carretera y no se extraviará». Yo pienso: Aquí hay que tomar en cuenta cuanto se dice, si no mejor morderse la lengua.

Que no te engatusen estas casas con sus humildes fachadas, tantas son las almas que por su interior han pasado y las que hoy las habitan y las que han de sobrevenir mañana no las limitan. Ni un nombre garabateado en la pared queda, ni siquiera una vaga impresión de los pasados inquilinos. Persisten enclavadas en las orillas en tanto por las calles se deslizan coches fúnebres. Y el olvido que señorea entre las grietas todavía pasa a formar parte de los resquicios del camposanto. Pero bien, ¿quién para sí quiere la desnudez en la intemperie o hacer del aposento sepultura? ¿Y qué les ha de importar si les relegan, después, cuando de ellos solo quede despojos? Entretanto salen los residentes con el alba a reanudar la brega diaria y regresan al ocaso con un saborcillo en el paladar en anticipación de la mesa servida. Algo afín al engaño hay en estas casas, mañosas les preparan a partir y ajustan la mortaja a los que van pasando y luego cambian de cerrojo con los que llegan. También tienen algo de calma: una ventana abierta al soplo del atardecer, un anafre al rayar el alba, un paño tendido al sol en el balcón, un lecho en la habitación.

Las casas de mi país son nuevas, gravadas con onerosas hipotecas. Negativo el ahorro y el crédito arruinado, quién sabe cómo los isleños nos las ingeniamos para estrenarlas. Poco antes de titularme, en una crónica vi la maqueta de un caserío taíno con esta descripción al calce: ...casas de indios, que según su costumbre estaban bien fabricadas... Sin embargo los colonizadores las derribaron y levantaron otras parecidas a las suyas en España. Ahora las edificamos con bloques de hormigón y materiales sintéticos, a la usanza estadounidense, en la canícula del trópico unos hornos asfixiantes. Yo estoy convencido que esto fue lo que dio lugar al delirio nuestro de demoler y edificar, y de nuevo levantar y derribar, sobre todo, nuestras casas. Pobres copias de arquitecturas alienígenas cuya aplicación utilitaria es ineficaz, lo que ha causado que inspiren escaso interés artístico, menor trascendencia estética y ningún valor patrimonial.

—Si no sabe el nombre, descríbame al menos la apariencia —demanda el tendero con la frente encarrujada como soga—. ¿Ha considerado usted que no se puede concretar la identidad de nadie sin más ni más?

Comienzo explicando que en dos brevísimas ocasiones lo tuve ante mí y termino admitiendo que solo recuerdo que llevaba una sotana blanca. En el rostro del tendero se recrudece una expresión de intolerancia ciega:

—No fastidie, hostia, no me gusta que me jodan, mueva el culo, coño, lárguese a otro lado con sus enredos.

Y sin embargo hasta este momento había sido considerado con maneras delicadas.

El barbero no, ese es un perico, ni el pudor ni la fatiga le refrenan, días enteros charlataneando con los ociosos que dormitan en el salón, se diría que no puede tener la boca cerrada, en fin su única afición es chismear. Los vecinos aseguran que mantiene a la esposa al tanto de sus bretes, apenas sucumbe al sueño entra a describir los sucesos del día con la mayor atención a los detalles.

Fue así que al regresar de un viaje a Madrid habló de una Venus que conoció en las inmediaciones de La Puerta del Sol con el regusto de la pasión. Naturalmente, la mujer no le ha vuelto a permitir salir del poblado.

—No lo entiendo, nada sabe, con dificultad lo vio unos instantes, y espera que yo le dé referencias de él. Tiene los cojones grandes usted —dice sacudiendo la tijera en actitud amenazante.

El cura, después de escuchar con cierta exasperación, fue aún más severo:

—¿Qué le hace pensar que puede declarar la santidad entre los laicos? Este es un asunto pontificio, ¡por Dios, deje ya de presumir atributos que no tiene!

Uno que dice venir de Salamanca a comer un bistec en parrillada, bañado en vino rústico de estas partes, me pregunta:

—¿Tiene un halo? Sí, porque en lo que respecta a la santidad esto cuenta mucho.

Cuando rehúso su invitación al trago se vacía en carcajadas, sin aparente motivo:

—Él es la viña y nosotros la vid, se pierde, pues, quien no toma el vino.

Pasa un joven con un rebaño de un villorrio vecino. Cuando le hablo del santo inquiere:

—¿Qué hace él, quiero decir, qué oficio tiene, agricultor o pastor?

Habla humildemente y sin dar la cara, algo cohibido. Lo veo asegurarse de que sí están todas las ovejas. Dice todavía:

—Los santos son como nosotros, lo he observado en los retablos, sufridos y fatigados.

Me resulta natural dormir en los callejones, no que falten las posadas a precio módico sino porque quiero sentir las vibraciones de la tierra al contacto. Descanso bien, con aguacero me cobijo bajo el alero de las casas. Recuerdo, una vez, a medianoche, desperté sobresaltado, pasó un perro pastor con su rebaño, se elevó sobre las patas traseras y se transformó en el santo. No sé qué había detrás de todo aquello, fue una visión aislada que no volvió a repetirse.

Tampoco tengo dificultades con las comidas. Desde que llegué me he abstenido de probar la carne y el pescado; es decir, despojos de animales. Un trozo de pan, una lasca de queso, unos cuantos vegetales y tubérculos, un surtido de semillas y legumbres me sustentan y me bastan.

Al principio los vecinos se disputaban mi compañía en la mesa. Me invitaban al uso del escusado y al aseo personal. Yo les hablaba del santo y de sus milagros y ellos me lanzaban la mirada en blanco de los ciegos. ¿Cuándo terminó la hospitalidad y comenzó el recelo? No puedo precisarlo, un día me abrían las puertas con regusto y el otro me observaban tras los visillos. Suerte, antes de salir de allí, siempre quedó un alma benévola.

Allá, en Puerto Rico, la generosidad también tiene arranque tornadizo. Nuestro espíritu es complejo, difícil de caracterizar, titubeantes entre la pasta de mango y el pastel de manzana, confundidos entre Los Tres Reyes y el singular San Nicolás, desplazándonos en vías de asfalto taponadas de vehículos que si bien exasperan la cordura nos imparten la impresión de un gran progreso. Tomamos alas en aeroplanos para sobrevolar otros cielos, aletas en transatlánticos para surcar otras aguas y hacernos uno con los cuadrantes del planeta. Argüimos que lo nuestro nunca acaba, que es una prolongación de la tropelía que comenzó hace unos quinientos años. No somos pacientes ni conformes, exigimos comodidades instantáneas en abundancia y sin sudario. El país es pobre, pero cuando miramos hacia las otras islas en el archipiélago de desdicha nos sentimos ricos, sin tomar en consideración la economía colonial subvencionada. Los pueblos, pródigos en ociosidad, no dejan desarrollarse a los paisanos, que en la costa celebran la vida al ritmo vivaz del tamboril y en la serranía repican las notas lánguidas del cuatro.

Criticones innatos, nadie está a salvo, ni amigos, ni hermanos, ni progenitores escapan la lengua viperina en este desafuero que desconoce la sobriedad y precisa de las flaquezas del otro para dar la batalla o cortarse las venas.

Extraña sensación esta de riada que arrastra con violencia vertiendo la vida al naufragio en la mar inexorable. Deambulo las callejuelas desiertas, máscaras ceñudas y llenas de interrogantes avizoran tras las entornadas celosías, puertas clausuradas, habitaciones obscuras y de vez en cuando manos ocultas hacen la señal de la cruz. Yo busco entre las grietas del empedrado, bajo las hojas de la higuera, en los tabiques de las casas señales del niño santo para sentir el místico comienzo a golpe de ala y entender su inherencia en mi vida espiritual. Si me topo con algún vecino ni me ve ni me habla, mas no tiene trascendencia, lo amo de todas maneras, invoco templanza e imploro iluminación divina para poder entender cuál ha sido mi yerro.

Esta mañana me apedreó una cuadrilla de diablillos al cruzar la plazoleta. Eran blandos los ojos, franca la sonrisa, inofensivo el porte del ángel. Yo huía por el cuadrilátero, transpiraba helado y en las venas daba golpes un torbellino de sangre. Las mujeres observaban y reían. Flaqueaba cuando los chicos se desbandaron como jauría. Con todo, me enternecen y agradezco las heridas tan propicias para purgar los pecados. Amo a los arrapiezos que me dieron a probar la excelsitud del martirio que salva y apuntalaron la fe que suscita la piedad cual gracia, el perdón ante la falta y la amapola como diadema del alma.

Cruzo encorvado la calzada hasta la higuera. El cielo se torna tenebroso y un llovizar henchido de ventolera arrecia hasta cerrar en granizada. Trato de imaginar el punto exacto donde la lluvia deshoja los crisantemos y el pitirre precavido cobija la cabeza en el tórax. En la torrentera, al fondo de los saltos, peces caen despedazados contra las peñas, aves ahogadas en plumajes rezumantes, plantas desarraigadas con sus frondosos ramajes.

Conjeturo la infancia del santo pasar hacia un mar desconocido en el que se disuelve. Y yo, devoto, consagrado, que ansío ahondar en las raíces a fin de descubrir los prodigios y emular su dechado, ahora sé que nunca le encontraré por más que busque. Quiero escuchar en el soplo del viento palabras de antes, susurros dilatados, ecos prolongados que me indiquen cómo fue aquella precocidad divina que se agolpa en mi espíritu y tira de mí por caminos ignotos y arcanos. Pero ni eso es, en fin, ya posible.

Se ha divulgado entre los vecinos que me marcho y nuestra relación ha revertido a lo que había sido a mi llegada: los hombres dicen sus cumplidos al cruzarnos en las callejas, las mujeres saludan recatadas desde las puertas entornadas y los chuchos agitan la cola, amansados por el ejemplo de los amos. Yo he renovado la cordialidad con cierto entusiasmo, regodeándome en el drama pueblerino, esparciéndome por sus cuadrantes en una dispersión espontánea. Es mi mejor momento. Los chicos se acercan buscando aprobación, soy la mayor autoridad en sus asuntos; eso es, excepto cuando hago referencia al santo que sí muestran suspicacia. En resumen, esto es lo que he sacado en claro del subitáneo cambio en las actitudes: la mezquindad puede tornar a ofrenda si se pierde la usual aprensión hacia el extraño y se gana la falsa seguridad provincial.

Firme rehúso las ofertas de alojamiento, me gusta acurrucarme bajo la higuera con su enjambre de luciérnagas y contemplar el forraje agitarse con la ventisca en la barranca y que mi cuerpo logre la misma titilación de las estrellas y oír el crujir de las hojas al impactar el suelo y el traqueteo de los roedores nocturnos al escurrirse y reconocer así que hay en la fauna y la flora otros paradigmas de realidad y otros seres que tampoco descansan; y luego deleitarme con el quiquiriquí de los gallos a la hora de la aurora. Disfruto detenerme en los portales a beber el café de los vecinos, es lo usual que al cruzar por su calleja una mujer grite: «Venga, hombre, no falta más, tome un pocillo». Primero entro en el aposento, luego en los lavabos, me reciben con expresiones efusivas y al despedirme instan: «Regrese para el almuerzo y la cena». Tantos cumplidos me sobrecogen, discierno otros motivos y otras intenciones solapadas, es natural, demasiados fueron los días que me negaron la rosa y me impusieron la espina, noches enteras fisgando desde las ventanas como el espía, repudiando mi presencia.

El santo que yo busco no solo les es desconocido, lo rechazan irreverentes, tras las máscaras abstrusas percibo una incredulidad y un vacío ingente en la mirada. Sospecho que este substrato sombrío permanece con ellos, en los ojos, en los labios y en las manos cincelados, si bien ahora solapado. Visto así, nada ha cambiado: el sujeto que no me dijo una palabra y prosiguió su camino desdeñoso, la matrona que me tuvo por leproso, los niños que encontraron su diversión en mi atropello existieron, no los inventé yo. Concedo que mi insistencia en rastrear el santo y el haber descendido a desamparado sobrecargaron la balanza, con todo, no justifican las inequidades.

No desisto de buscar vestigios del santo, soy un espíritu indagador con movimiento solícito hacia la cooperación que los vecinos eluden mortificados. Esto lo entiendo y acepto. Tampoco ignoro que los rastros se disipan con el tiempo y las inmanencias pasan inadvertidas, por lo que no estoy sorprendido que en mi búsqueda nada haya encontrado. Los hechos, dichos y sentimientos no los puedo penetrar, es axiomático, ni los retiene el ámbito ni los presiente el corazón ni están aquí. No quiero limitarme a los sentidos, aspiro captar en los recovecos del espíritu los salmos en voces de los mártires y ser clamor divino de las buenas nuevas encarnadas en el santo y ser farol para los convertidos y asistirles en la fe y el suplicio, una muchedumbre infundida en el voto de la cristiandad para ser bautizada.

Esta noche, tendido a la luz de luna bajo la higuera, no estoy solo. Apenas rindió el sueño la conciencia una abeja se colocó sobre la rama por no encontrar descanso en la colmena ni certitud en la vigilia ni soportar la incertidumbre de la vida runruneando quejumbrosa:

«En cualquier momento tunde la ventisca con sus mazos irresistibles, y yo, rotas las alas, caigo abatida a los dominios de la hormiga reducida a cero. Antes debo sobrevivir otras adversidades: en la fronda, la perseverante araña con su red que apresa, a la menor vibración, presta a encartucharme, y en el cielo, el abejaruco, una policromía de amarillo, rojo azul y verdes que pasa y provoca la sensación de que este es mi último día. En el revoloteo atisbo néctares derramados en los vacíos del aire, en las grietas de las horas, en las aristas del silencio, florestas tremolantes que sigilosas se desvanecen, olores que seducen los sentidos, sabores que urgen la miel y la cera, libar anticipado, el flamante capullo, el pétalo expedito y la suspirada ambrosía tremolando en el erial que bordea la margen del riachuelo, la Dama de Noche que no quiso abrir sus flores hasta cerrar la madrugada, el retiro a la profundidad del monte, el sol tirándose al otro lado del planeta, y el suspendido panal en el viejo árbol cipariso. Con el nuevo día reincide la sed nectarina de la nata del capullo y el reclamo indefectible de la celdilla abierta, la faena, el traqueteo, la fatiga, maniobras repetidas para servir a la colonia sin reserva, reparo, ni reclamo. Aunque abatida por la canícula, el requiero del destiño como espejo me duplica, nada puede variar, la individualización que me distingue a mí de la otra no existe, estériles homólogas, hemos de rehacernos cada una en las demás; y sin embargo, yo he probado la gracia de lo alto en el almíbar del pimpollo transmutada, por lo que aún consciente de la verdad colectiva la tengo por falsedad individual relativo a este instante que es mío; en fin, yo no puedo sentir la existencia de la otra aunque sea mi doble, un elemento inmanente de incertidumbre cuántica formó en mí un renovado espécimen, y no por ser más ingente el abejar me cancela y deja de ser como yo una ínfima partícula en el cósmico destino, aquellas que hacen del día sol y de la noche luna, y surcan el aire sin otra orientación que el tallo como un robot, y oyen solo el zumbido de las alas, desconocen el misterio de su particularidad, no encuentran el ritmo de su vuelo, ni la singularidad de sus membranas, dispersas como granos de arena en vasta duna, millares agolpadas, a la zaga una de la otra pasan, esa es su restricta condición, no yo, ya he dicho, el don de mi ser he conquistado cual extensión trascendente del trasgo del capullo, siempre inconclusa, me voy rehaciendo en los visos de las estaciones, un estímulo soy y un movimiento sideral intencionado en suplir con un despliegue de portento distintivo a las otras obreras, cuidando siempre acatar el propósito de la naturaleza, y como el buen guía conducirlas al florecido prado, libando la jugosa flor, la salitrosa arena, el pastoso rocío, y batiendo mis alas sobre sus cuerpos obrar el milagro del dulce celeste, no en la flor real sino en la otra que es una posibilidad, una idea, un numen en su embeleso, mostrarles vastedades que no se conocen sino por la gracia, infundirles la doctrina de la ufanía que se alcanza vuelo adentro, darles a probar el almíbar, el caramelo y la melaza que tienen también la gloria en deleite sacarino, y hacerles ver que si la instintiva constancia obliga, el quehacer puede ser a modo propio, y que tomen conciencia de su aportación y tengan la satisfacción de cuando la acción es voluntaria, y su existencia sea algo más que una mera extensión de la colmena, y aunque en el ciclo tornadizo de las cosas unas salen de este mundo y otras entran con el mismo refrendo pasajero, quiero para ellas que cuando vuelva la primavera tomen el renuevo tal como es y no quieran cambiarlo y lo requieran por su nombre con una vehemencia recóndita y apremiante y festejen el airecillo, la ventisca y el vendaval aunque extravíen su vuelo y les remonten a otras topografías aciagas allende el desierto y el carámbano y las tierras de las selvas tornadas a comercio, y tengan que volar los mares de las insondables fosas y los fiordos y las grutas, y nunca den con la ruta de regreso al colmenar de donde partieron, y atesoren el saborcillo que les quedó de la última flor del otoño y persistan en volar a la caza de insospechados brotes en la brisa, y esparzan las semillas como germen en el rocío para fecundar el vástago y diseminar la floresta.

»Ahora requiero la bendición del agua y el sagrario, la hoja de laurel primado, la aurora que matiza la floresta, el sol que al mediodía volatiliza las aguas, la dispersión del rosicler en lontananza, y una abejera de zánganos colmada para obrar milagros al rimero, no precisar del jugo del pimpollo para el panal, anhelar lo que tengo de más y no echar en falta aquello que carezco, recibir el céfiro y la ventolera con el mismo denuedo, dispensar conformidad al codicioso, humildad al presumido, amor al desafecto, sentirme en mi colmenar dondequiera: el cosmos mío, mis alas vuelo y mis ansias sueño, y jamás considerar si es cierto lo que piensan las otras abejas o es invento, que por ilusorio que sea es verdadero a ellas, mas no por ello asentir a sus frivolidades aunque les resulte desaire, sino afirmar el principio constitutivo de la naturaleza: reina, zángano, obrera, y mostrarles que es tan bello y necesario el invierno con las puntas escarchadas como el verano con los brotes estimulantes, entre tanto mantenerme proveyendo salidas propiciatorias, susurrando a sus oídos que la duda es de ellas, no de la creación, y el milagro se obra adentro, no afuera, y que no por apremio se llega más lejos, que las distancias no se miden por la jornada de un día, que es sensato atesorar el brío para resuelto reanudar el tramo que no se ve, y cuando llegue su día encomendarles reunir los despojos de las que no llegaron y empaparlos de miel, libres las alas, que tal vez se agiten y hagan música del aire y en revuelo festejen a las que cumplieron su destino, porque el fin es también un doble comienzo: la actual colonia en la realidad tangible, la pasada en el orbe inteligible.

»Reconozco: soy un imperativo involuntario, vivo en la armonía y el deber, el instinto que me dirige, ciñe y consume no se extiende a mis ansias, como el vuelo que impele a las alturas, traza en mí un ordenamiento con exigencia absorbente como el abejar e ineludible; no obstante, aun cuando no puedo precisarlo, las obreras, convocadas por el jugo de la flor y el impulso ciego de succionar el dulce líquido y verterlo en la celdilla en el panal, irrumpen en el soplo del viento y revolotean en torno a mí, y otra vez escucho en el abejorreo el zumbo de mis anhelos, observo los cuerpos chafados por el zarandeo, la urgencia, el frenesí y extiendo la más consagrada ofrenda a su gracia, quiero apartarles los estragos y depararles el favor que en el acto salva y explicarles que, aunque análogas, cada una es una chispa distintiva en el ingente estallido cósmico que la remonta irreflexiva al aire a cumplir su ancestral designio.

»La grandiosa reina *Bibí* de las malvas y los pensamientos, esa que custodia la memoria colectiva y convoca las obreras a la higuera en plenilunio y les advierte de las rosas del viento y el destino, la que no quiere ser fecunda, siempre atenta a la campiña floreciente, a la larva al amparo del panal, a los conflictos del abejar, oye la queja, naturalmente nada quiere cambiar, recuerda los días de calma y de vendaval, mas nunca se refiere a estos, prefiere que la nueva cría los aprecie por sí misma y forme sus propias inferencias, sabe que la ruta del panal a la flor no varía, pero la brisa puede desviar los aromas y ser engañosa, y porque pocas obreras conocen los relieves del trayecto, para evitar el desacierto, les recomienda un simple acomodo: que cuando confundan la dirección del más escogido de los capullos opten por la primera flor marchita al vuelo, canta en el atardecer con un agudo matiz de soprano cargado de sentimiento y el enjambre secreta glóbulos y estruja el armazón con las patas y extiende las antenas, y la extraña voz en la cima de la higuera, en las ramas, bajo las raíces enlaza la cepa, la hoja y la cumbre, resonando aún más allá de donde termina la tierra y comienza la mar con ímpetu de abolir la apatía, la soledad y el silencio.

»Es buena la enigmática reina *Bibí*, también tiránica, el poder la ha ido aislando con sus muros de recelo, las obreras la observan contrariadas, hacen una especie de votación trazando en la hoja un cordón calado, aprestan el aguijón y se lanzan a vaciar cuanto tóxico tienen en ella».

Estoy estupefacto ante el relato lastimero. Y de repente es el entorno un cielo tornasolado, una brisa placentera y una seráfica calma, un prado de amapolas como solio del escarzo y un rimero de torcaces con efecto de acrobacia más emotivas que el fado, la nostalgia y la esperanza. Echo el ojo entre las ramas, ahí está la reina *Bibí*, convulsa se contrae y distiende hasta irse metamorfoseando primero a murciélago, luego a delfín y finalmente toma la semblanza del santo, después los chillidos al caer como de humano, el descomunal estruendo al impactar el suelo y el hervidero cargando a duras penas el cadáver y la carcasa, pues ciertamente es un conjunto de ambos, a la boca del hormiguero para después resignarse a no poder encajarlo en la cavidad.

Observo la trágica escena cuando el sueño domina aún la conciencia y tengo la impresión de verme en la ofuscación, en la seducción fatídica y en el duelo, y de que los dos niveles oníricos se han juntado y formado uno indiviso simultáneo, pleno, intento elucidar lo que significa todo esto y lo único que tengo en claro es que allá en la oquedad del cero yacen los despojos del santo y que tal vez yo he tomado parte en el crimen, porque es mi rostro duplicado el que veo en las abejas.

***

Sigo, como nunca, idolatrando al santo, mas quiero ser yo, audaz, creador, independiente… Ji ji, bueno que se jodió, era un déspota con su altiva egolatría… ¿Podré retomar la narración con estos sentimientos contrapuestos? Ya nada tengo por supuesto…

bayamón, puerto rico, 2007, domingo de pascuas, mi alma es un cuenco donde reverbera el viento esparciendo un sonido que arranca las greñas y marchita las flores..., no quiero estar aquí, donde no brilla el sol, no sopla la brisa, no empapa la lluvia, el tiempo estacionario, sino por esta barba que me pesa..., pared, puerta, piso..., qué carajo importa..., los bienes están muy mal repartidos, no es justo, tiene que haber otra forma de convivir..., no me lo recuerdes, ya sé, yo fui el que insistió en ir a la plaza de españa aquella noche, coño, calla, que me calumnias..., no quiero pensar, ¿para qué?, me produce ganas de vomitar, prefiero el mutismo interior que sosiega..., esto es una prisión, así es de día, de noche se transforma en un antro de duendes que me acechan, acosan y acusan..., yo no me someto a su dominio, los repelo desde mi trinchera, yo, el victorioso, yo, el alimañero, yo el que a nada teme, siempre listo a dar la batalla, dentro de una talega si es preciso..., lo que allí ocurrió no lo recuerdo, puedes decir lo que quieras, me tiene sin cuidado, eres un soplón, nada más, ridículo eres, hablas mal de todos y te disculpas tú..., la plaza estaba desierta, en un escalón nos repantigamos..., con las estaciones cambia la flora, es lo propio de la naturaleza..., entretanto yo toco la flauta y celebro la creación.., de vez en cuando entraban turistas curiosos, como a ellos les cuadra, y perros realengos y por un momento se hallaba concurrida..., la luna está llena de cuevas para jugar al escondrijo, allá yo estaría a mis anchas con la cabeza hacia abajo y las patas hacia arriba..., él se durmió, digo, se transmutó a una cosa yerta, digo, ingrávido ascendió al cielo, yo lo despedía por un deber y nada más, pues aquello nada tenía que ver con la esperanza..., hijo de puta, te maldigo, me encajarías garfios en la frente, los pómulos, las encías y me arrastrarías por el cuarto sangrante..., la rosa aúlla como la fiera y el néctar tiene el agrio del vinagre, el cosmos es un éter expansivo, no tengo que profundizar en el asunto, ¿para qué?..., yo soy un rastreador de extraviados, primero en el éter con el pensamiento, luego con los sentidos en el ámbito y por último dejo que la conciencia tome carácter de realidad hasta sentirlos y palparlos y sacudirlos..., no se le ha vuelto a ver, qué sé yo adonde fue a parar, engañó y sufrió su retribución y nada más…, contrario al viento no ha vuelto a pasar..., mentía en todo y aparentaba ser lo que no era, yo lo desenmascaré y por eso me evadía, oh, era incapaz de encarar la verdad..., yo soy como el murciélago, no necesito ver, un sistema sonar me orienta…, cuando quiero subo o bajo las antenas y quedo comunicado con extraterrestres o sirenas…, no puedo dimitir, jamás, tengo una misión divina que cumplir..., oye, tú, engatusador del paraíso, te deleitabas en nuestro infortunio con una voracidad insaciable y sañuda, hasta que al fin uno de tus hijos se reveló y como zeus con cronos se deshizo de ti..., pretendía interceder en los misterios con mentiras, conmigo no le fue fácil, me tomó algún tiempo, pero llegué a conocerlo por el farsante que era..., cómo quieres que te lo diga, suelta ya, sanguijuela, pila de mierda, mensajero de malas nuevas, procuras sacarme de mis casillas con ironía, angustiarme con reproche, violentarme con injuria, mas nada has de lograr, no flaquearé como un mostrenco..., las hormigas hicieron pasadizos de sus pupilas a su corazón la noche entera..., tuvo su merecido, qué otra cosa había de recibir si no el castigo de su falsía..., decía que era pecado tratar de variar la más mínima cosa en el plan divino, pero qué es el devenir sino cambio perpetuo..., el niño se entretiene golpeando una contra otra las semillas de la algarroba, irascible, recio, grosero, yo pienso: la violencia está ahí, y sin embargo todos simulan que es un juego..., las algas son flores, las anémonas gelatina y el pulpo talento..., ¿qué pasa, acaso soy yo la única persona a quién te place perseguir?, cállate, no entiendes, para entonces nada me importabas, ni los supuestos milagros ni tus espurios sermones, no eras como los demás sino una aberración satánica, eso provocó tu desgracia..., los animales de escama son como los de pluma: unos gregarios y otros insociables..., en el momento de mayor sosiego entra un silencio espeluznante y todo cae al suspenso, tal vez se están comunicando las ninfas, esas que sufren de artritis..., tal como una migraña irritable, un pedo inoportuno, una grosería ligera, el meollo de la vida es caprichoso..., las habitaciones son cuatro paredes embadurnadas con mierda, después de algún tiempo se pierde el sentido de lo que les es particular y habitar en ellas pasa a ser una rutina..., ¿qué sabes tú de mí para acusarme así?, crees conocer hasta los ínfimos detalles de mi vida, mentecato, artero, megalomanazo, cómo infieres tanta intriga de la nada, crees poder leer mi pensamiento, no sabes que yo lo aparto y lo enmascaro y lo desvío y me limito al uso de los sentidos y la intuición, me río de ti y tu falsedad, suficientes rompecabezas trae la vida y encima también tener que lidiar con las acusaciones que levantas contra mí, desaparece ya, y sea yo libre..., qué presumir, todo ocurrió de súbito, era una noche cálida, yo estaba empapado, el viento estacionario, no me sentía bien, por ello la confusión cuando trato de hacer memoria, a veces ni siquiera creo que aquello en realidad pasó, ni que yo estuviera allí, lo que sucede es que no hablas de otra cosa, hijo de puta, y de tanto oírlo de tu boca he llegado a aceptar que en efecto algo ocurrió, mas eso no me hace partícipe, enfático lo niego todo..., inteligencia, nombre, cosa: el apelativo es una irradiación de las luces respecto a un objeto..., consistentemente me despierto a eso de las cuatro de la mañana y luego doy vueltas por la habitación hasta el amanecer, en los ruidos de la ciudad imagino lo que está pasando afuera: chulos de putas, vendedores de droga, rateros en su ajetreo, antes sentía desprecio por ellos, ahora pena y el deseo que sean por dios iluminados..., a veces el alba me transforma, entonces soy una piedra inmóvil, dura, insensible o un fluido invisible, flotante y desconocido, y puedo ascender a los anillos celestes y ser una nota musical perfecta, sublime, inacabable o un pez y descender a las fosas marinas hasta las náyades..., miro alrededor, un vacío insondable, lo prefiero así, en la calle me quedaría sin ojos, el enemigo acechante siempre puede interferir mis defensas, de los demás no recibiré sosiego sino ondas y radares invadiendo e interceptando lo que siento, pienso, sueño..., déjame, víbora, no finjas simpatía, ya sé lo que quieres: confundirme..., tallo, flor y espina, destino es sinónimo de herida..., deja de acusarme, gorgojo, ¿cómo esperas que confiese una transgresión de la que no tengo la más vaga impresión?..., los ojos nublados, los oídos ocluidos, aturdida la cabeza, basta, ¿cuándo tendré un día de paz?

tocan a la puerta: mejor ignorarlo.

—Joselito ha venido a verte, hijo.

buen amigo joselito, de niño hacía monerías para hacerme reír, más tarde me ayudaba con las tareas, sin él no hubiera aprobado el curso de matemática, requisito del bachillerato, ahora viene con artimañas para luego chismorrear, señalar, injuriar...,

—Nene, voy a hacerlo pasar.

me enseñó mucho joselito: en el gimnasio a levantar pesas y en la plaza a proceder como un macho natural, además, en el campo me impartió su fascinación por la botánica..., es un fullero entremetido, lo detesto, para no verlo me encubriré bajo la sábana y la almohada...,

—¿Cómo estás?

a nada doy testimonio, si algo dudo es la sonrisa que nunca se le borra de los labios..., tramoyista, me arrancaría el corazón si pudiera...,

—Pasaba por aquí y entré a saludarte.

no eran las verbenas de bayamón ni las fiestas de san juan ni las tertulias en humanidades: no, era su compañía lo que realmente disfrutaba..., debo mantenerme alerta, no sea que intercepte mis pensamientos...,

—¿Cómo..., tan callado, debes expresar tus sentimientos, quimeras y expectativas, sí, hombre, ¿por qué no?, sin limitaciones.

una bien intencionada estupidez es lo usual, presumen saber lo que requiero, la vida que para ellos anhelan pretenden imponerme, se creen clarividentes y son ciegos, ignoran lo que yo siento, quieren pensar por mí, entre tanto permanezco sordo, nada tienen que decir que no haya escuchado antes, pienso: mentecatos, a esto que soy respondo, a nada ni nadie más...,

—¿Por qué te privas de la grata compañía y los placeres? ¿Has considerado cuánto te pierdes? ¡Ábrete a las nuevas emociones, lánzate a la experiencia maravillosa que es la vida!

Ignaro, no toma en cuenta lo que sucede allá afuera, en esta ínsula ansiada solo por el pertinaz amor patrio: apatía hacia los demás, desintegración de la familia, corrupción en los departamentos de gobierno, droga, violencia y los que presumen de poeta garabateando papeles costosos con buena tinta...,

—Cuanto más lo considero más sospecho que algo inusitado sucedió en tu viaje por España. Cinco años han transcurrido y aún tengo viva la impresión de que no eras tú si no un desconocido quien regresó en aquel vuelo de Iberia. ¿Qué pasó? Vamos, cuéntame, no importa cuan atroz, sé que no hay comportamiento del que no sea capaz el humano. No te aísles, hablar te hará bien, relatar lo pasado no es sino reinventar los hechos, acallar la culpa, serenar la conciencia. Debes decir: quiero estar sano, nada hay mejor que estar saludable, así es.

la curiosidad se deja ver, quiere penetrar mis reservas, pero mi alma es un arcón cerrado con compartimientos dispersos que solo yo conozco y tengo acceso, mis defensas psíquicas aventajan a las de los otros humanos y gozo de una firmeza inmune al poder de sugestión... dice querer ayudarme para que no discierna su verdadera intención, como si yo no anticipara que a hacerme daño viene, ¿por qué no habla de él?, como antes, cuando se jactaba de un padre de abolengo, tenido a menos, un hermano administrador de un centro medico en quiebra, un tío juez administrador de los tribunales desaforado, si pudiera desaparecerlos, a todos por igual, quedarme solo, sin nadie para fiscalizarme...,

—Único eras entre los compañeros por tus delicadezas. No tenía tu corazón pulsación que no fuera generosa, veías la misma realidad más tierna y sensible y encontrabas siempre el modo de acomodarla a tu estilo de ser refinado. Hoy sé que estás ahí porque te veo, pero no te reconozco ni en la omisión ni en la mudez, aunque admito que algo tuyo permanece soslayado tras la actitud reservada.

alaba lo que supone fui y deplora lo que entiende soy, piensa que estaría tanto mejor si fuera el mismo de antes, zopenco, ¿no cuenta, acaso, el tiempo transcurrido?, yo también puedo apreciar en la distancia al joven de ayer: ingenuo, pusilánime, frágil y no siento apego hacia él sino repudio, gustoso borraría la patética imagen al compás de una guitarra portuguesa en riada de saudates..., él sugiere: «estarás bien cuando nada ocultes», yo discurro: el individuo divulga lo que le favorece..., él propone: «serás feliz si reviertes a tu antigua vida», yo colijo: no hay un punto de partida sino muchos equidistantes, hoy comienzo donde he terminado ayer...

isla del capricho, humos insuflan la cabeza de tu gente, en auspicio y redención les prevengo y les exalto a que antepongan lo trascendental por sobre lo pueril y comprendan que quien obtuvo el beneficio de sus apuestas y el que en la vida tuvo los aplausos de la fama y el que se impuso en la contienda, todos pasaron, hoy nada son; quedan, sin embargo, el yunque, el acueducto romano de segovia y unos madrigales que a la par deleitan y exaltan el corazón...,

canción, amor, guitarra, no solo cantilena, también ternura es el instrumento músico..., leías tomos de neruda y ensayabas tus versos en libretas de estudiante, imaginabas tus libros impresos en vitela ovalada, encuadernados en cuero para que se conservaran, aspirabas a un nobel de literatura y simulabas humildad..., perro sarnoso, nunca serás poeta, demasiado sensato, frío, displicente para ello, todo lo reduces a la realidad objetiva: el sauce no llora, ni las ramas gimen, ni las luciérnagas son las ánimas de los antepasados..., aquello ha quedado tan lejos, tu lucrativa carrera de abogado, tu esposa de abolengo, tu arrebato por las mujeres de trato y tus aspiraciones políticas, concurriendo a los mítines del partido con regularidad, no te queda tiempo para nada ni nadie, tus viejos compañeros no te ven, nuevas ambiciones, otros intereses te consumen, y aquí vienes a hacer el milagro..., el futuro me ha de hallar sosegado, desligado de los caprichos del mundo, y a ti delirante entre acopio de propósitos..., repulsivo gusano, quiero que en todo fracases, que quebrantes los cánones de ética y los compañeros de toga te tilden de deshonra a la profesión, sin un semejante a quien recurrir, y que tu esposa se enamore de un narcotraficante con quien copule en los balnearios públicos y bajo los faroles del viejo san juan a la vista de todos..., buen amigo, guardo un afecto y una admiración para ti, no para aquel que fue compinche de mis travesuras, ni para este que triunfador hoy me anima, sino para esta manera mía de sentir que tiene tanto de ti, cuando inquiero los momentos especiales de mi vida, en cada uno estás presente tú: el campo de amapola, el cielo de pitirre, la playa donde un perro se echaba mar afuera tras el amo remontando las crestas del oleaje en tanto yo festejaba la osadía y les deseaba un parasol a su retorno...,

isla de excesos, aquí el que tiene afición al deleite se desmanda en las latas de cerveza o en las botellas de ron o vino o en los narcóticos, el pío predica con arranque milenario más allá del estrado del templo con la determinación de catequizar a los infieles del planeta, el resto de la población o es tan humilde que si participa no se siente o tan soberbia que se hace notar hasta en la ausencia.

—Tengo que irme, el demandado estará nervioso rondando los pasillos, temeroso de que yo no comparezca...,

cree que me engaña, quiere salir allá afuera y acechar el zarandeo del trasero de las chicas y el cabriolar de los senos e imaginar que se quitan las prendas interiores en rendida incontinencia, ojalá traiga a su vida la fantasía una doncella con el arte de la *geisha*, esa modalidad del amor que hace del trámite goloso lujuria y gentileza, y germinen flores de loto en los pasadizos de su conciencia, y ansíe maderas sempiternas para tallar santos lagrimosos y vírgenes piadosas, y se torne justo y sea feliz...,

dato curioso sería si en este instante un pordiosero pierde su limosna o un trillonario adquiere el número premiado de la lotería..., un momento, veo que la vieja bruja abre la puerta y entra...,

—Nene, aquí está tu almuerzo, ya puedes ver, nada de carnes frescas o embutidos, pescados o mariscos, estrictamente vegetariano: legumbres y vegetales y un botellón de agua mineral.

tan solícita, qué haría yo sin ella, hasta en sueños es mi contrafuerte, es la razón de que me sienta protegido, seguro de mí mismo, nadie podría ocupar su lugar...,

emerjo de entre las sábanas indiferente, tomo la bandeja y la arrojo al piso con un movimiento brusco...,

—vieja cabrona, te burlas, lo percibo en el tono despectivo de tu voz, lo haces adrede para mortificarme, te odio...,

—Cálmate, no te agites —sugiere ella con disimulada serenidad, si bien la mirada asustadiza la traiciona.

—lo sé, quieres que, como tú, me atiborre de las patas de cerdo a la andaluza, los cochifritos de oreja, lengua y cuajo, las morcillas de la sangre de las bestias, la gandinga y los riñones al jerez...,

—Pues dime, ¿qué quieres de mí? —dice ella con cara anonadada.

—nada realmente, eres un ser diabólico, me envenenarías, te gustaría, lo sé, te detiene solo el temor a la justicia...,

mi madre recoge los desperdicios con premura, pero minuciosamente...,

—Cuidado con los fragmentos de vidrios, hijo, vuelvo en seguida con el trapeador.

un día plomizo, hoy los barcos deben entrar y salir del puerto tomando sobradas precauciones, recuerdo que en una revista inglesa leí sobre el naufragio del *prince* en aguas del pacífico: un buque de hierro con motores potentes y modernos engranajes, la carga se circunscribía a barricas de cerveza y *whisky*, estibas de cigarrillos y fuegos artificiales y numerosas máquinas de juegos del azar, encabezó la tripulación un viejo retirado, muy bien entrenado y de cierto linaje, pero alcoholizado y desmemoriado, la víspera del viaje el capitán del navío se había rehusado a hacer la travesía, dato curioso, algo en la siniestra zozobra sugería ser la trágica consecuencia de factores esotéricos: el reportaje señalaba que la campana de la iglesia dio los seis tañidos matutinos en el preciso momento que el viejo nauta se hizo a la mar, una densa niebla cubría la bahía, visibilidad, cero, ¡pobre gente!, nunca se les volvió a ver, los marinos aducen a que el viejo lobo de mar olvidó tocar la sirena y eso fue lo que ocasionó el naufragio, ante lo incierto del asunto yo lo creo posible...,

regresa mi madre con un cubo en una mano y en la otra la escoba, deja el recipiente en el suelo y barre el piso quejándose de calor, luego se sienta en el borde de la cama...,

—¿Quieres salir al patio a refrescarte?

—al diablo con eso...,

—Tu juventud, ayer tan prometedora, hoy frustrada, no me lamento, sé que podría ser peor, lo acepto, concibo pensamientos esperanzados que hacen más llevadero el desaliento e infunden un poco de serenidad en el infortunio. Inesperados giros que asombran toma la vida a veces: ¿sabes?, nuevos tratamientos se descubren cada día. Siento no agradarte como madre, de veras, haría ajustes si supiera lo que quieres. También yo prefiero al hijo de antes, pero que esto no te inquiete, sobrado tienes ya con los enredos que ocupan tu mente.

—mamá, te quiero, eres buena conmigo y lo agradezco... algunas veces soy grosero, verdad, no lo entiendo, todo ocurre tan de súbito, sobrecogido por emociones contrapuestas que me dominan, nada puedo hacer, es como si seres rabiosos en torno a mí turbaran el raciocinio, domeñaran el espíritu y manipularan los instintos...,

tapo con la mano los labios y me retiro a la esquina de la habitación, debo callar, ser precavido, las paredes oyen; y luego cómo sé yo quién se entera de lo que digo, de lo que pienso..., un grito brusco se me escapa: ¡coño, no jodas más!..., mi madre que complacida había escuchado las palabras afectivas, pálida como la cera, sale a toda prisa del aposento...,

soledad es lo que quiero, estar a mis anchas, por ahí, debajo de la cama, oculto en el ropero, en cualquier rincón, desnudo, y que ella deje de entrar al cuarto a husmearlo todo con el pretexto de la limpieza, piensa que no me he dado cuenta, deja la puerta entreabierta y luego se desliza por el corredor cual pingüino, ¡oh sí!, me espía..., lástima, se nota corcovada, incluso se me hace que ha perdido unas pulgadas de estatura, me temo los años inmisericordes se le han lanzado encima..., hola, nene, ¿cómo te sientes?, parodio la entonación femenil de la arpía, coño, si me está viendo, ¿qué pretende?, vislumbrar algo más allá de lo que se percibe con la mirada..., los misterios arcanos son asombrosos y la reacción de los fervientes imprevisible, así fue cuando apareció en un soto, bajo un arbusto, al pie de un manantial, la virgen con la piedad en la sonrisa, los fervientes con motivos sobrados para regocijarse lloraron sin consuelo, nadie la había convocado allí ni la esperaba, investida de nimbo, bendiciendo con la vaporosa mano..., ¿dónde se habrá metido?, después le llamaron con el corazón, le buscaron con la fe, le suplicaron con el llanto..., ¿no podrán los científicos ingeniarse un artefacto para regresarla?, y quizás se convierta ella en cosa ordinaria y los fieles recobren la calma...,

sacro lugar de penitencia..., de los cuatro puntos de la isla los devotos acudieron al lugar, se congregaron y levantaron letrina para no tener que hacer tras los arbustos las necesidades que por hábito, costumbre y pudor son privativas..., vendrá, decían los desahuciados..., no importa que la veamos, ella nos ve y eso basta, opinaban los escépticos..., llenemos las páginas en blanco para que el lector sienta su hálito cercano, urdían los reporteros...,

superados los ciento catorce años, felipe, el ciego, fue a buscar un par de ojos y donairosa, la tullida, rayando los ocho abriles, los movimientos de sus miembros, fútil sería tratar de precisar todos los que llegaron a implorar misericordia divina para la pecaminosa alma, alivio a las dentelladas del amor voraz, rectificación de la configuración del cráneo, conversión restitutiva de la calvicie y mejora de la apariencia en general, protección contra los piojos en las axilas y partes pudendas, expulsión de los parásitos intestinales, y lo más insólito: una mujer con el cadáver del esposo para que fuera resucitado vistiendo ella y los despojos las galas nupciales que llevaron cuarenta años antes...,

omnipresencia: nuevas apariciones siguieron reanimando el fervor de los fieles: la vieron en la margen tintinante de un riachuelo, en un prado ondulante de amapolas, en el lomo aireado de un otero, siempre la misma geografía: un lugar agreste y plácido donde lo insólito puede darse por sentado..., la vecina debe estar asando arenque, el tufo la delata, esa bazofia de los antepasados, no en balde ese mal de estómago que nunca la deja...,

desconcertante: encender cirios, quemar incienso, arrodillarse, persignarse, orar ante un arbusto, unas aguas, una flor, hacer votos de entrega y arrepentimiento, promesas de diezmo, pensar: los hay que pretenden entender esto y por ello se sienten incapaces de errar o hacer el mal y sin más superiores al prójimo...,

el abogado idea argucias, estira los hechos, esgrime defensas para el delito y dice ser custodio de la justicia, ¿cómo, acaso no es justo que sufra su castigo el transgresor?

isla de las antípodas: esta gente de actitud escéptica, designio vociferante y afición gregaria, estas máscaras prodigiosas que modela, como si la vida misma fuera una feria de vejigantes borrachos, este delirio de que está a la discreción de cada cual prorrogar lo que hay por hacer hoy para un mañana indeterminado, esta apetencia por la pulpa para uno y al otro con la cáscara, este adolescente que pretende ser adulto y aquel viejo que fantasea lucir joven...,

rey de oro: cábala de que pende todo de la estrella: una apuesta en un casino o un billete de la lotería o un negocio cuadrado o las dádivas de unos reyes y un san nicolás navideños..., españa y el morro, estados unidos y esta preferencia por la habitación de hotel de cinco estrellas..., en el parador de los baños de coamo unos trozos de las paredes viejas quedan, a los que se le ha añadido un pabellón en el que en fin de semana músicos locales tocan merengue dominicano y la clientela baila...

isla esmeralda, menos verde cada día, la urbanizan en grande, aman el cambio los isleños y piensan que el progreso odia la naturaleza...,

memoria instantánea: el año que san felipe tundió los cafetales, el día que el paisano entró en la taberna por unos tragos y los pagó no con dinero sino con sangre, la hora en que el alcalde del pueblo no confiado con haberse envenenado se ahorcó para no enfrentar los cargos de corrupción, oh, estas cosas nadie recuerda...,

indiferencia a los índices de estadísticas vitales; es decir, cuántos nacen, cuántos mueren cada día, un fastidio superfluo, nada como la agraciada chica en taparrabos...,

realidad escorzada: el entorno se desvanece y otro estático, insonoro, incoloro sobreviene, pero quedan las calles, las casas y la obra pública; en fin, pasa el humano, mas permanece lo inanimado: ergo, la ciudad está ahí, falta la gente que ayer por sus calles se desplazó con su incertidumbre y su esperanza...,

una de la tarde: calor, modorra, tedio..., fue mejor arrojar la merienda de esa diabla, me hubiera aflojado la barriga o, sabe dios, si envenado..., qué digo, es buena, siempre con el batín haraposo y un peso en la mirada, pobrecita, no tiene consuelo, un egoísta, eso es mi padre..., inquiero: ¿será este cruce de realidades un lapso momentáneo de la mente, un punto en blanco, un espejismo supletorio resuelto en embrollo?...,

aquí nunca se sabe quien es el ingrato: el cónyuge, el pariente o el amigo, ciertamente esta es por antonomasia la cultura de la puñalada trasera: aquella margarita que le dio una patada al marido, parapléjico después de un accidente de auto, diciendo: «Mami me advirtió que no eras hombre suficiente para mí»; aquel policía del servicio secreto que abandonó a su señora el día del colapso emocional, y que se las hacía pasar negras con el maltrato, las continuas ausencias y las amantes, en particular la joven cuñada; el sacristán, devoto de san antonio, quien después que le dieron relativo al caudal la custodia del hermano retardado lo encerró a morirse de hambre en la cisterna para que no le importunara; aquel joe que le partió el cráneo al amigo inseparable, la piedra empapada de sangre todavía en la mano cuando llegó la guardia: «no me explico, no pude contenerme, me dejé arrastrar por los tragos», se disculpaba, sin mostrar remordimiento; el juliano soplándole al patrono que el hermano estaba mal de los nervios y por lo tanto no apto para la promoción a administrador de planta...,

los oigo venir, mi padre detrás de mi madre, argumentan, él no quiere llevar la bandeja con el agua y las pastillas..., la procesión de los estúpidos, ciertamente..., me guarezco bajo las sabanas...,

—Nene, es hora de tomar los medicamentos —dice ella afable.

majaderías, trata de impresionar, coño, si lo único que hago en todo el día es comer, cagar, dormir y tomar las jodidas tabletas, ¿cómo lo voy a olvidar?...,

—A ver, si quieres te las doy..., abre la boquita.

—Mujer, basta ya de tonterías, que lo tratas como un niño —dice él pesado.

mi padre es un verdadero cabrón, pero siempre correcto, mantiene sus reservas de modo que nunca nadie llega realmente a conocerlo, por esto lo respeto, hay que ser abierto pero con cierta sobriedad, no doblarse mucho que se le ve el trasero..., conclusión: la privacidad tiene prioridad sobre la cordialidad, no hay consideración para quien es un libro abierto, a los que se desmandan las puertas se les cierran de antemano y el viandante cruza al otro lado de la calle para no pisar su sombra, temeroso de que una fatalidad recóndita le perfore la suela del zapato y estire la pata..., a la vieja le tiene el día programado: cuándo levantarse, servirle, acostarse; en fin, la priva de voluntad propia como a una esclava..., tocante a mí una mirada le basta para desarmarme..., a mi perra, pelusa, con quien pasaba mis mejores momentos, la tiró en piñones, recuerdo, porque estropeaba el mobiliario y dondequiera hacía sus necesidades..., no debe haber otro hijo de puta como él, su poder se extiende a los cimientos mismos de esta casa, aun cuando no está, su agobiante peso se siente..., un buen proveedor, no entra aquí un mendrugo de pan sino en su bolsa, entre tanto yo sueño el día que lo encuentren ahogado en la bañera...,

—¿Qué te pasa, hombre?, cierra los ojos, escucha a quien tiene como propósito promover tu bienestar y no al que solo quiere impresionarte por ingenioso. Vamos, no te encierres en un cascarón como un embrión de búho, después de unas semanas el pichón rompe la crústula que lo aprisiona, quiere salir, tú debes dejarte ver también, buscarle el lado favorable a eso que es tu vida, cada cual tiene su cuota de dificultades, sorbos amargos, caídas que lo dejan como cristalería rota, el secreto es levantarse y empezar de nuevo.

soy su mayor afrenta, aquí defectos, vicios y estigmas se tienen por congénitos, la gente supone y afirma: de tal palo tal astilla: hija de puta puta, hijo de loco loco, ley de la naturaleza es que lo que corre en la sangre perdure..., hasta la mayor de las virtudes tienen por defecto, de tal modo juzgan a las personas ejemplares ser tan buenas que no sirven para nada...,

como si tuviera él una vida plena, pero si es más limitada aún que la mía, dedicaría los siete días a la portería en el hospital, se entretiene con el gentío que cruza a diario los corredores, lo prefiere a estar aquí..., milagro que no se ha decidido por ser un agente de productos comerciales, viajar los pueblos de la isla, clientes complacidos, amantes de ocasión, lo mejor: justificaría permanecer fuera de la casa largos períodos...,

para ridículo él, todo es puro invento, si bien con una intención concreta: demostrar que se preocupa y tiene una actitud favorable hacia mí..., a otro con el tardío papelito de buen padre, no le cuadra, prefiero su habitual postura indiferente...,

¡qué enfado!, ¿por qué pone su mano sobre mi brazo?, sabe que me disgusta, lo miro airado, doy vueltas en la cama, me desplazo, perseguido por los dedos como tenazas..., lo que realmente quiere el perro viejo es deshacerse de mí, yo soy el espejo de su fracaso, sí, porque los vecinos no le dejan olvidar eso de la relación genética entre el padre y el hijo..., por fin me deja, se yergue, me observa con esa máscara condescendiente, se acerca y se sienta al borde de la cama...,

—Debemos entablar una mejor relación, hijo, sí, hacernos amigos. Tantos años distanciados, tú con tus inquietudes, yo con mi rutina, presumiendo ambos que basta con que se crucen casualmente nuestros caminos, o qué sé yo. No está bien, no más eso de andar separados, no, estar siempre ahí a la mano. Y hablar, hijo mío, sobre los lugares donde hemos estado y los que nos gustaría visitar, y sentarnos juntos a la mesa en el crepúsculo, como lo hacen las familias bien llevadas, ya verás, iremos a las carreras de caballo y los dos elegiremos la quiniela.

¡pobre diablo!, prefiero que no entre a verme y se sienta obligado a montar una escenita en la que ofrece dedicarme un poco de su tiempo, como si realmente le importara, sospecho le hace bien, a mí, en cambio, me mortifica, que ni lo sueñe, un segundo no quiero pasar en su compañía, y menos sostener una conversación, lo detesto, esperaba que mi actitud lo mantuviera a la raya, pero insiste en sus atenciones, no es justo, el momento en que me aislé en la habitación se dio este cambio de actitud en él, coño, si precisamente por eso lo hice: para que me dejen quieto...,

—Bueno, piensa sobre lo que he dicho, continuaremos mañana, se va haciendo tarde, no puedo poner en riesgo el trabajo, no faltaría más.

¡qué coloquio!, él lo dice todo, yo nada.

mi madre, que había permanecido retraída en tanto el viejo sermoneaba con esa petulancia de quien presume relevantes las sandeces que dice, se asió complacida a su brazo:

—Eso es, nene, pon atención a tu padre, ya ves cómo se preocupa por ti. Y pídele a Dios que te ilumine y aclare tu pensamiento.

yo asentía con movimientos de la cabeza, satisfecho de que se marchaban...,

tenemos cordilleras, valles y costas, y una variedad de suelos y sistemas ecológicos que sorprenden en un país así de pequeño, esto explica el que alguna vez nos hayamos creído ricos cuando tan poco poseemos...,

como resultado de la migración crecemos, no obstante apenas nos multiplicamos, no en vano mudamos los entendidos comunes con el tiempo y el alto costo de la vida urbana es mayor que los recursos accesibles..., aplicamos el ingenio a las ideas y las destrezas a los deportes en casas bajas que de día tienen por techo el tendido del concreto armado al sol y de noche el vaho asfixiante que exhalan...,

la psique ha sido seducida, un *cadillac* lo hizo antes, ahora un *lexus*, mas no, un auto no nos hubiera atrapado en sus neumáticos si no fuera susceptible a la venalidad el alma intervenida, la ciega voluntad rendida ante los flamantes artilugios, que luego relegamos cual cachivaches, el capricho en desenfreno es lo que impele y nunca quebranta, estamos programados para ser consumidores insaciables, aciagos, conspicuos...,

qué motiva esta extraña sensación que me domina, no puedo dejar de pensar en el vendaval violento y entrever, entre ringleras de aguamares, portaviones zozobrados en fosas insondables...,

lo sé, la bruja está ahí, agazapada tras el marco de la puerta, espiando, me hace sentir como si yo fuera un malhechor, alega que permanece a mano para si algo se me ofrece, mentira, por supuesto..., la llamo y ella responde tras un breve intervalo a fin de guardar las apariencias, estúpida, como si no la conociera, le pido papel y bolígrafo, vuela, como un diablo: el *clac, clac* del zapato sobre el enlosado, y luego el chirriar de la gaveta lo pregonan...,

—Ah, aquí los tienes.

salgo de entre las sábanas, coloco el pliego sobre el pequeño bufete y escribo:

1. ducha de presión regulada por la mano (hidroterapia).

2. máquina de masajes (vibraterapia).

3. pétalos de flores silvestres para cubrir la cama y recostarme sobre ellos (aromaterapia).

he terminado, le extiendo la hoja y le pido que compre los artículos enumerados en seguida, observo la expresión de perplejidad esbozarse en el rostro, ah la vida puede resultar paradójica…, la arpía, marchita hoy, unos años antes era un pimpollo, ya le queda poco; siempre es así, el fin es un imperativo, mejor así, los viejos con sus atavismos y sus prejuicios no darían cabida a que les sucedan gente nueva con otras verdades, otros sueños y propósitos…,

mi madre sale con un gesto ampuloso, quiere complacerme, no que se haga de ilusiones, no le resulta creíble mi recuperación, pero a mí las suspicacias de los otros me retan y me hacen más determinado, es mi naturaleza, y la más firme característica de mi ser, ya sé, los hay que se ajustan a lo que representan, yo no, yo acomodo el papel a mí, tampoco intento conocerme en el viso de otra pupila, miro mi imagen en el espejo y me fundo en ella y me siento uno conmigo mismo; en fin, con nadie me enyugo ni en otros me fío, no vine al mundo para compartir la carga, mejor despojo del camino, pero solo, en mis términos, de veras…,

infalible volatilidad del ser, ahora lo siento: comezón en la piel, tirón en la fibra nerviosa, contracción cerebral, y mucho más, el cuerpo como en un horno, si pudiera meterme bajo la lluvia, eso sería un verdadero alivio, si no bajo el grifo, y recorrer las trochas de la serranía, no a zancadas, volatinero, como el viento acá y acullá, percibir la cotorra en la apartada espesura y en el crujir del bambú la voz del salvador…,

la repulsa del pecado: borrar la mancha, disipar las tinieblas y no caer a la categoría de heresiarca…, en el ropero mi indumentaria y mis zapatos, en el lavabos mis aceites y lociones, y en los ventrículos de sangre las corazonadas…., ¿qué son las fases de la vida sino mudanzas del devenir desde las que lanzan dentelladas las culpas y los reproches?..., ¡oh!, agazapado en los túneles de la conciencia un niño peregrino con látigo tiránico me persigue encabritado...,

el beato en su sepulcro esperando se cumplan los milagros para ser digno de ser llamado santo..., la mendiga arrinconada por los perros, bajo un cielo indiferente..., la dueña del puesto de chicharrón volado y queso del país el atardecer que vistió el traje de modista con corsé y las medias de nylon y salió coqueta a la calle mientras los vecinos observaban taimados: esa se trastornó de la cabeza...,

debo fiarme de mí, de mi capacidad de adaptación, ser transformable cual camaleón..., a nadie le resulta fácil lo que es su vida, preso de la pujante trama, el día lento, la noche interminable y el deseo incontenible de ser requerido desde el corazón..., también yo estoy solo, y sueño he de encontrar la entrañable compañía entre las hojas de la amapola y el cundiamor a lo adivino, allí, donde la gota de rocío se detiene un instante antes de deslizarse a las fauces de la tierra..., presiento tu presencia, no te detengas, el paso del tiempo no es sino una rodada de deshechos, los dedos de las manos y los pies no bastan para contar las avecillas del olvido, escucha: propongo brindemos en el cáliz de la hoja de malanga con el agua de la cañada porque al fin de la jornada conservemos la tibieza de un abrazo íntimo y la paz de dios...,

ansío que me dispense su gracia el salvador, el aguijón que me estimula a obrar el milagro en la alada avecilla y la enraizada amapola, en el agua que fluye lejana y la hoja que cae cercana cumple con mi deber de intercesor entre el poder supremo y la creación..., quizás un penitente en roma, un lama en el tíbet y un asceta en teruel a la par discurren lo mismo que yo, pero qué tiene que ver la casualidad con la merced divina...,

el sol despuntando y bayamón despertando a los humeantes pocillos y panecillos, gentes de las urbanizaciones pasan con su cara de letargo, vehículos contaminan el aire; por algún tiempo un fugitivo muy escurridizo hizo el trayecto desde los campos en bicicleta, sin disimulos ni artimañas, como si no tuviera que eludir a los sabuesos que le husmeaban, ya no, lo eliminaron, no aquí, en otro lado, donde suponía ser menos buscado, yo era un joven romántico y lo sentí, tanto, no lo olvido...,

los días de mi vida no bastarían para enumerar las ingratitudes con que otros han pagado mis bondades, o algo así, suele afirmar mi padre mientras se le eriza la piel como un lagarto y resalta una intensidad cetrina de buitre en la mirada, yo lo observo callado, asqueado por la actitud vituperante y el encono, exige demasiado y todo le redunda en desaire, si no calificara la conducta del otro sino su propia conciencia y aceptara a su semejante tal cual es las faltas tendría por menos; yo aspiro a ver cuanto sea vicio de la personalidad desapasionadamente, no intento calar a fondo en las actitudes del prójimo ni examinar estas íntimas, únicas, inclinaciones mías, satisfecho de apreciar lo que está a simple vista en actitud reposada, tal como cuando nos deslumbra el reflejo de la garza sobre las aguas, y eximirme de pasar juicio, y no tener qué argüir...,

influencia indeterminada es la que ejerce un individuo con un temperamento avasallador sobre otro impresionable, recuerdo, había un alumno en el colegio que parecía sentir fascinación por el capitán del equipo de baloncesto, pero cuando estaba solo conmigo no escatimaba vituperios contra el otro, llegaba hasta maquinar llevarlo a una playa aislada, en algún cayo de las palgueras o las croabas, y ahogarlo; yo lo escuchaba atento, y algo en mí defería su resentimiento, lo que motivó que le dedicara horas enteras, abierto a él mi corazón, sin inculpaciones ni reproches, una vez terminado el semestre no lo volví a ver, ¿cómo le irá al envidioso amigo?

la personalidad perfecta y calibrada, esa que encarna los atributos del santo, adopta su propia norma de rectitud, pero se mantiene sencilla y enteramente humana, aún cuando la conducta de los laicos le parece errátil le atribuye fundamento porque sabe que les impelen las apariencias y no el sustrato espiritual de las cosas, entre tanto ruega porque los próximos intentos vayan mejor dirigidos y adelanten los fallidos; y si bien el desacierto le atribula le queda el sacrosanto gozo de imaginar cuánto les es posible alcanzar, y esto le sirve de sostén, hay iniquidades tales que le provocan repulsión, pero permanece circunspecto, favorece el bien, pero admite la existencia del mal, para él, el conjunto es esencial al plan divino, mira hacia el orbe eterno y reconoce que el ciclo mundanal constituye un santiamén destinado a ser silencio en el numen y la gracia, eso es todo…,

¿quién dijo obrar milagros?…, estoy en blanco: un desvarío transitorio, presumo, o una reminiscencia cruzada, ¿seré yo quien se proyecta en las imágenes?…, nada sé…,

"tilín" resuena desde la calle, el recolector de botellas y cachivaches, no cabe duda, cierro las persianas…, ¿qué finalidad vine a cumplir: consagrarme a los negocios, la industria o una profesión?…, hay demasiados pecados en este mundo, yo soy el aguamanil que enjuga las culpas de la humanidad, incólume campeador del señor, que me lleve, pues, el pulso de la vida, con sobrada mesura, pero sin desperdiciar un instante, es muy breve para eso…,

yo soy menudo y muy delicado; sin embargo por ser hijo de mi padre debí haber sido otro, más robusto y espigado, solo hay que mirar a ese mastodonte, mi cuerpo tiene amplio cupo en una pierna de su pantalón y cabida sobra en uno de sus zapatos para mis dos pies…, no puedo imaginarlo como padrote, nada extraño que no le haya puesto un dedo encima a mi madre, cabeceando siempre en las sillas delante del televisor…, no procreado sino creado fui, segunda obra y gracia del espíritu santo como paloma, y aunque el pánfilo lo sabe me acepta como su hijo; yo no, jamás lo tendré por progenitor, sacrílego, burdo, simplón, solo aguardo el día que yo abra los ojos y él no esté…, la bruja no se siente, debo estar pendiente…, los que dependen del placer orgiástico para su éxtasis tienen asegurado el desengaño, lo reprime el paso de los años hasta la inapetencia; yo no, que ansío la cruz del abstemio, el bienaventurado derrotero del buen pastor y la salvación eterna, asimismo ruego nunca me deje esta visión vehemente de vida inmaculada…, la razón impone la duda inacabable, yo en la fe sustento el beatífico vuelo, y aspiro a que jamás la languidez del tiempo me refrene, que la eternidad, no esta estación efímera, me sirva de atalaya y que en tanto otros debatan los misterios del evangelio yo infiera en la firme devoción la sacra aceptación y en las santas escrituras la total consagración al don divino…,

cantamos a ritmo de plena: *cortaron a Elena, cortaron a Elena. Cortaron a Elena y se la llevaron pal hospital.* Suceso penoso, preferible es la muerte a la desfiguración a una hembra bella y bullanguera, mas aquello lo superó ella abrazándose a la iglesia en un pacto misionero: lejos quedaron los agasajos y las orgías, biblia en mano subía la cuesta del tamarindo a rescatar del pecado a los vecinos, tenaz, acendrada en pletórico fervor; sin embargo, esa fase de su vida ha sido omitida, eso le incumbió solo a ella y no despertó el interés de los demás…,

pues sí: estoy llamado a la gracia en místico renacimiento, mi voz se ha tornado afónica en preparación para el ascético peregrinaje, he sido iluminado, puedo apreciar mejor el evangelio, como si lo recibiera no a través de los ojos sino del alma, me siento exaltado en anticipación de otras regeneraciones que conjeturo en gestación…, un efervescente estremecimiento recorre mi cuerpo, lo que me parece un auspicio favorable, ¡cómo ansío recorrer los cuadrantes de la isla!, transitar las autopistas circundado de vehículos y bendecirles, y ante las casas pobres alzar plegarias de hinojos con los brazos extendidos hacia el cielo, detenerme en los poblados y dejarme caer por la plaza de recreo y predicar a los asiduos, seguramente me he de topar con ese tipo que en el bolsillo lleva una caneca de ron y un mocoso que en el atardecer le conduce al caserío donde una mujer de edad indefinible, porque parió cuando aún era niña y muy temprano se le lleno el cuerpo de adiposidades y tiene los senos caídos y descomunales las caderas, les espera en la lobreguez del atardecer con la mesa servida...,

taconeo de pisadas se difunde desde el corredor, no podría confundirme: tenue, medido, circunspecto: el andar distintivo de mi madre, se detiene, voy allá...,

—¿has traído los artículos que te encargue?

—Nada he omitido —afirma con un aire de complicidad—, quiero decir, todo, salvo los pétalos, el tendero recomendó recogerlos en las orillas de los ríos y los caminos. Y tú, ¿cómo te sientes?

—tengo muy buenas noticias madre: soy otro, un ser santificado que ha discernido el numen mismo de lo trascendente, en mis noches se repite un sueño: entro en una arboleda de encumbradas pomarrosas, lóbrega, helada, oigo una voz que me increpa: ¿por qué vas tan triste y solo?, sube a mi rama y tendrás lo que quieres, lo busco en la fronda de color grisáceo, igual al follaje, al fin lo localizo por el revuelo del plumaje a golpe de viento: un múcaro con ojos de jicotea: planea conmigo, cuanto más intensamente lo desees *más se te hará posible,* pero cuando empiezo a repechar el tronco me despierto,

mi madre abre los ojos y chasquea la boca como si se alistara a decir algo, pero calla.

—tengo que proclamar el advenimiento del hombre pío, en trance beatífico, por cristo: a plantar la semilla de la fe he sido convocado, a propiciar el credo que alienta al desvalido y torna el terruño un edén de creyentes y en unción pura obrar portentos...,

—Ya veo, conque milagros a la usanza de San Francisco y San Antonio —endilga mordaz—. No quería hablar del asunto, pero no me has dado otra salida, pues bien: hubo algo tocante a un misionero en Sevilla que trastornó tu cabeza.

la vieja falsaria se queda agitada, a la expectativa, desdibuja un gesto exculpatorio y extiende los brazos:

—¿Qué quieres? Qué no te oiga. Imposible. Lo gritas mientras duermes.

—estás posesa, por dios, desiste, nada puedes decir o hacer para anular el reclamo misionero que me desplaza hacia el alma de mi gente, torna al altísimo, implora su perdón, que al corazón contrito le basta el móvil redentor en humilde renuncia enarbolado...,

—¿Duele oírte: ¿errar en otros lugares, entre extraños? Estás obsesionado, y eso no favorece tus nervios.

—no me niegues, bestia satánica, el evangélico derrotero, ni prives del apostolado a los pecadores, me impele la visión del santo que en mí palpita; tú, en cambio, pretendes confinarme entre estas cuatro paredes, sujeto a tus incurias, artimañas y veneno...,

la diabla escucha consternada, después el lloriqueo desconsolado y la salida brusca de la habitación..., observo los motores eléctricos que me trajo, creo que he perdido todo interés por ellos, bueno, no es eso realmente, temo que ha invertido los conductores para provocar una descarga, debo deshacerme de ellos, entretanto los ocultaré bajo la cama..., a nochece, he caminado demasiado, estoy extenuado, con los juanetes inflamados, las rodillas trepidantes y una opresión entrecortada en el pecho, consecuencias del esfuerzo desmedido y la contaminación profusa de los vehículos, salí hacia el noroeste y al cruzar manatí, en las inmediaciones del río grande, una premonición devastadora me asaltó: sucumbiría en las flaquezas de mi cuerpo y no podría cumplir el llamado de mi dios, en el acongojado instante un gran desaliento sobrecogió mi corazón, en inusitado celaje cimbró el cañaveral, las avecillas tornaron y retornaron en rondas de trinos y el torrente se propasó a la margen en crecida, busqué con los ojos del espíritu la correlación de la inusitada mudanza en el ámbito real y la dimensión anímica y en la dispersión aleatoria del misterio la tuve ante mí, con su taparrabo rojo del achote a punto matizado de *cemíes* refulgentes, en ritmo de zumbador enlazó en mi cuello una piedra burda, diciendo: *yo soy una, pero emigro y puedo transformarme*, quise hablar, decir: sobran las explicaciones, puesto que había visto el nimbo sobre la cabeza cenicienta, pero me falló la voz, ella nuevamente habló: *necesaria es la fe en tu misión, no evadas los escollos del sendero, que yo he de interceder a tu favor con el divino padre*, y así, sin requerir de preguntas, tuve la respuesta en las señales de la flora y la fauna y la aparición de la virgen en imagen

79

taína: estaba bajo la protección divina; y me supe liberado pues no requería ya de los límites de la razón sino de la infinitud de la fe y el evangelio que incorpora los poderes celestes...,

la naturaleza adquirió una contextura amorfa, el viento una reciedumbre tornadiza y el espíritu una facultad acomodaticia que confirmaron la presencia de nuestra santa señora y su piadosa merced a mi gestión, entonces la criatura insegura e indecisa que antes fui dejó de ser y renací devoto a la presencia pura de mi dios, los sentidos entorpecidos se despejaron, se purificó el corazón, mi atención fija en el apostolado a mano, oh, había superado las vacilaciones, las indiscreciones y la impudicia, estaba ya mejorado para la apostólica misión...,

un rótulo indica: arecibo. 2 kilómetros; a orilla de la carretera hay un almendro muy frondoso, innumerables son las semillas que los autos aplastan dejando la corteza adherida al pavimento y el paraje aromatizado del estropeado fruto, infiero: dentro de un rato la noche ensombrecerá la zona y mis ojos no podrán discernir los contornos de la vía, quedando expuesto a los desaciertos de los conductores, aquí pernoctaré, entre oraciones y meditaciones, tomando a provecho el abrigo de este árbol, con el clarear reanudaré la marcha, el camino del humano está ajustado al acontecer, no es posible abreviar el devenir, ni objetivar lo que no tiene cabida en la estructura de la realidad; se acerca un gato realengo, flaco, tuerto, renco y sin cola, una traza de tizne, un tufo, una porquería, todo eso y más, mas ¡cuán admirable!, años deambulando por esta carretera sin caer a despanzurrado de las llantas, levanta el rabo y da vueltas alrededor maullando pertinaz, rozando con su pelambre mis piernas, nada tengo que ofrecerle de comer, se marcha rezongón...,

me instalo cerca del tronco, al otro lado de la empalizada para que no me desvelen las luces de los autos, las luciérnagas surcan el erial en regia sucesión de almas taínas, de igual forma quiero ser yo soplo de dios y alumbrar mi gente glorificando los artículos de fe y los principios cristianos, y que mi devoción a la par suavice y redima nuestro pueblo...,

el reposo manda, sujeto estoy a la luz y a las sombras, remuevo los guijarros amontonados en el suelo, las semillas y cáscaras y me tiendo de costado sobre la grama, lecho de greda, colcha de espinas apuntalada por las cuevas de cangrejos, arañas y hormigas; la llanura, uniforme sino por los arroyos que la zurcen con sus cauces, ondula con las guajanas; descanso la cabeza sobre el brazo de almohada; allá titilan, aparentemente estacionarias, las estrellas, creo que el humano las imita con el fulgor de los ojos, digo: suerte la tuya, luminaria, y escucho en el silbo del viento: *una pizca soy comparada al vasto universo, un exiguo centelleo, un hacho en la anchurosa noche, un papiro consumido en la historia que se desvanece...,*

el gato ha regresado, me observa desde la cuneta, retándome en la distancia con el *"miau"*; un camionero toca el claxon con insistencia, para mantenerse despierto, estimo, pues no se ve otro vehículo en derredor, me sobrecoge el letargo, un bostezo profundo y prolongado se escapa como querella, giro el torso contrario a la carretera, conciliar el sueño, eso es lo sensato, bastante trayecto tengo para hacer mañana, ¿y si me desvelo?, caprichosa es mi naturaleza, cuando y cuanto más inoportuna; observo la llanura bajo la luz de luna, antes un cañaveral del que se extraía el jugo del carrizo y de este la melaza y luego el azúcar, cañazo también, al que el jíbaro le añadía pasa, queso y embutidos varios para reconfortar el navideño espíritu, la tradición se defendía entonces con cuerdas de cuatro y guitarra, percusión de maraca y pica de güiro en el velorio de reyes, la parranda y el asalto...,

por todas partes el devenir va sustituyendo circunstancias, opacando la mirada, amortajando la sonrisa hasta acabar en despojo, como si detestara la vida; el verbo no es del firmamento sino del viento y se recuerda solo el furibundo, ese que hiere y sacude la conciencia; los caminos conducen a fosas de locura, solo en la oración encontramos alivio: *padre nuestro;* yo ando tras el milagro, consciente que nadie es apóstol en su propia tierra, al paisano le resulta tanto más grata la trivialidad fácil que la substantividad compleja, ante al extranjero, ave de paso, no se inhibe como ante el otro con quien comparte el yugo común, la cosa pública es muy competida y la contienda es con el vecino, el proceso de globalización es demasiado complejo, abstracto, distante, y esto dificulta que se visualice al de fuera como rival, pero confío que el poder celestial pronto nos ha de conceder mentes claras con una perspectiva abarcadora y abierta para entender que cuanto concierne al prójimo atañe a todos por igual...,

¿qué sucede?, muy pesados los párpados para mantenerlos separados, quiero recordar la pila bautismal en aguada y el agua bendita empapando mi cabeza y no puedo, se apodera de mí el sueño, de pronto me hallo en el balneario del barrio islote en dirección al faro, se desata un salpicar frenético mar adentro, procuro ignorarlo, prefiero sentir el cosquilleo de la arena bajo los pies, mas si quiero o no percibirlo no es lo determinante cuando el chapoteo se impone al oído, discurro que puede ser un chico de esos atrevidos zozobrando, me desnudo y nado a brazadas hacia el punto de ebullición, arriesgado es, lo sé, pero el instante que salí en apostolado supe estar llamado a la oblación, temeroso solo de dios; un hervidero de tiburones traza un círculo cerrado en el agua, me evoca los filmes de *esther williams*, de pronto, desde el centro, un pez inmenso sale y engulle mi cuerpo que se desliza por el tubo digestivo al esófago, alberca de aguas diáfanas, surtida por arroyos cristalinos, y en las riberas *yucayeques* y mucha gente taína, provista de uvas playeras, salpicada de capullos aromáticos, tapizada de musgo sedante, y en las ramas variedad de avecillas trinando para atraer pareja, yo siento que me deshago del armazón corporal, me sumerjo y un flujo irresistible me expulsa mar afuera, ondulo en el charco de sangre que circunda los desechos de la bestia, cubiertos de lirios blancos, a flote por dondequiera, y braceo hacia la costa con la sublime certeza de haber renacido en la inefable pureza del espíritu santo...,

despierto a un día como de fuego: bueno, así lo siente mi cuerpo, aspiro hondo, absorbo los efluvios de la marisma, la fetidez de los cuerpos en descomposición, la fumarada de los vehículos que a la hora temprana congestionan la vía; el que viaja en auto transita veloz, a puertas cerradas, nada percibe al olor, por lo que se priva de lo que es tan esencial a la experiencia del caminante...,

debo proseguir mi sendero, no hay instante sin propósito divino, ahí, entre la hierba, tras el alambrado, está ese gato observándome con ojos flamígeros, en parches el escaso pelo, profusas las lacras, lanza maúllos espeluznantes, se aposta en la trocha como el enemigo resuelto a la vieja batalla, quiere detenerme, pero yo lo confronto en lance temerario, extraño, a medida que me acerco va perdiendo los ojos, la nariz y las orejas, y luego la cabeza, el torso y las patas hasta desaparecer, de todas partes proviene el sonajero de los anillos de la culebra de cascabel, pienso: no puede ser, no existen esos ofidios en este rincón del planeta, el cielo adquiere una tonalidad cetrina y unas nubes bajas como manos impías sujetan el erial, aligero la marcha, paso la antigua central azucarera, cruzo un puente de pila y pretil, y ante la antigua gran parada entro por una calleja en la ciudad, se intensifican los ruidos en tanto subo en dirección a la plaza del recreo, en el balcón de una casa colonial una anciana distinguida recoge el mundillo y se pierde tras la puerta, en la acera un arrapiezo con un balde de pasteles y una canasta de aguacates, inclinado por el peso, vocea los comestibles, allá, al fondo está la glorieta, el punto céntrico de la ciudad, observo los holgazanes con la misma piedad que sentiría ante la ternaria arca de oro que contiene la osamenta de los tres santos reyes en la catedral de colonia, vagabundos con demasiado tiempo en las manos, lo que les posibilita tragos y narcóticos y mujeres que a la vez suponen sida, gonorrea, chancros y otros males, llevo la mano al corazón, el ser supremo es misericordioso, y nos puede salvar de las pailas del infierno, también justiciero a la hora de descargar la furia divina, ...,

paradoja, en una esquina de la plaza una adolescente cae sacudida por un ataque de epilepsia, no en pago de los pecados de su corta vida sino de las faltas de los antepasados, suscita lástima, no por eso es inicuo el omnipotente, la aflicción depura el alma por los siglos desde la creación hasta que venga el apocalipsis...,

tantos y tan frecuentes desaciertos de todo género, y luego con la cabeza inclinada y la mano en la frente hacer votos de enmienda hasta el agobio, que si bien a nada llegan nos placen con su proceso agónico, si no, ¿por qué reincidimos?, excepción: no puede argüirse con sensatez que el suicida pueda luego arrepentirse...,

el recurso de la constricción es correctivo de la vanidad y aflora a la conciencia la humildad en imperecedero regocijo, purificador ese sentir, abre el alma del penitente y despeja el pecado de su vida, elevando la majestad del ser ante la piadosa mirada de el salvador, no hay disposición más consagrada que esa que aborrece los vicios de la carne y sus transgresiones y reconoce como médula de su naturaleza el polvo y la ceniza, el humano que abjura de sus faltas anhela ascender al paraíso, fiel creyente, nunca cuestiona la divina voluntad, no importa cuan agobiante le resulte, consciente que más pesaba el madero que cargó jesús hasta el calvario...,

¡qué desatino!, caer en las trampas que tienden las tentaciones, desgarradora la culpa incrustada con la espina más punzante del tormento, insensato, pero muy propio del humano, seducción irresistible, fango que ineludible atrapa, mas nada debe darse por sentado, demasiado complejo, imputar sentido de falta u omisión al débil mental o desviado por sensible o furioso por locura, ¿qué es el pecado realmente cuando se toman estos factores fortuitos en consideración?, ¿y qué del que hace de la caridad su acicate?: el médico voluntario tratando las enfermedades del hambre y el genocidio en los países del tercer mundo, el piadoso en caguas visitando desahuciados en los hospicios y reclusos en las penitenciarias y el ambientalista afanado en salvar la flor en extinción en los precipicios de hawai, temo excederme en estas consideraciones, discurrir sobre cosas de las que tenga que arrepentirme, porque el creyente es respetuoso de los cánones de fe y se prohíbe de escrutar indiscreto la creación, para el ateo, en cambio, el escepticismo la consecuencia es de su parcialidad; yo imploro un lugar en el reino venidero y procuro destrabarme de las ataduras efímeras, ser en plenitud, no en esta existencia pasajera sino en el reino eterno, según y como está escrito en la sagrada escritura; mientras la duda impía sobrecoja la conciencia y la vanidad celebre las adulaciones y me seduzcan los placeres esclavo seré de las apariencias, solo cuando reconcilie la apostasía y la fe, ore con el corazón y escuche el santo evangelio en voces de serafines podré ser digno del estado de gracia propio del paraíso…,

amar es afín a la pureza, dios es amor y su numen la paz del espíritu estimula, para ello es preciso una disposición generosa, libre de egolatría y sin trincheras; devoción es entrega absoluta para la delectación del redentor: *padre, heme en las islas y los continentes, aquiescente en mis martirios* —implora el ferviente—, *recíbeme, soy devoción en plenitud del templo y su sagrario, y mi plegaria la expresión del espíritu regentando el corazón…,*

fragor cósmico, canto gregoriano, estruendo de cataratas, toda resonancia es musical porque la acepto como tal; la piedad consagrada sustenta el amor al prójimo, la sal y el agua en mi cuerpo es lágrima sin recato y la probidad en mi conciencia la más perfecta virtud; en el núcleo de la célula reina el instinto carnicero y en las papilas de la lengua el veneno de la víbora; humildad ante todo, quien cuestiona la voluntad divina pretende situarse sobre esta y no hay salvación sin sumisión ciega, lo demás es soberbia, señorío de la envidia, gente sorda al evangelio redentor, sin pensar que una visión de realidad que relega en su fundamento al ser supremo pasa por alto el auspicio subjetivo de la fe que promueve la meditación pura, la oración devota y la acción piadosa, esenciales para abrir la puerta al orbe sempiterno...,

la vida no es sino un tránsito hecho de tientos, pruebas y tribulaciones, y la jornada una serie de tropiezos y caídas que en ocasiones pregonamos a golpe de pandereta y al final tornamos a letargo que paraliza, éxtasis que anula y soledad que no es eso propiamente sino una ausencia de latido, un adiós sin despedida, una ventolera sin silbo, el cero mismo y, más allá, o la ascensión al paraíso o una detención en el limbo o el descenso ya al infierno ya al purgatorio; el ciclo mundanal puede emplearse en la purificación del alma o la persecución de los placeres, si no hay mayor gloria que el cielo de los escogidos, persiste la pregunta: ¿por qué la gente se circunda de sibaritismo, indiferente a lo que le sobrevendrá cuando pierda pálpito y aliento?; es breve el ciclo personal como un conjuro adrede al ascetismo, mas estemos advertidos que la salvación no está en el templo, ni en la cruzada evangélica, ni en la fibra del corazón devoto, no: de la voluntad divina proviene...,

al devoto que ha llegado a conocer la gracia suprema, conforme sobrelleva los sinsabores de la existencia, la peor de las fatalidades se le antoja ser una prueba de fe y el universo mismo una revelación del plan divino, profesa que el creador piadoso cuida de sus criaturas y les concede la medida para superar la profana condición, y si bien todos sufren tribulaciones mundanales, él participa de la redentora promesa en tanto al impío nada le sustenta, reconoce en el prójimo su propia humanidad, ama y hace el bien a paisano y extranjero, amigo y enemigo, pío y pecador porque entiende que no para él y la congregación de fieles sino para la humanidad es dispensada la gracia divina y que deben ungirse los unos a los otros sin distinción ni preferencia hasta el día de la resurrección cuando han de comparecer ante la divina majestad y una nueva vida les será dada…,

la forma del ser hermafrodita a primera vista parece perfecta, puesto que dispone y facilita el emparejamiento y la proliferación de la especie, pero esa no fue la providencia de dios al hombre, ¿y qué podría ser más acertada que la omnisciente voluntad?, impugnar la creación mas que adulterar la realidad es sacrilegio, repudiemos ese fantasear con que se vive de espalda al evangelio y aceptemos con acopio de humildad la diversidad de la carne que es el sexo, hoy, viernes, seis de junio del dos mil catorce, a la debida distancia, me cuestiono: ¿cómo habría sido la historia de la humanidad sin un héctor y una helena?...,

tengamos la extensible fe por guía en los meandros donde no alcanza la circunscrita razón, y que sea el amor pleno la pauta y el sostén hacia la bienaventuranza, los que participan de la gracia del espíritu santo podrían tener en el paraíso un lugar para ellos, aspiremos a beber del cáliz de la vida eterna y escuchar el sublime cantar de los coros de serafines, conservemos el asombro de la infancia ante las cosas ordinarias y que cada una se nos antoje ser manifestación divina, de modo que aún la más trivial y efímera de las experiencias adquiera un trasfondo único con particularidad de eternidad, y férvido el corazón palpite cada vez que descienda el cuerpo y la sangre de jesús al pan y al vino en la consagración de la eucaristía…,

cristo crucificado es modelo de vida eterna, no hay más y mejor provecho para la comunidad de fieles que el martirio porque le apresta a recibir la gracia, el cuerpo sufre el suplicio mientras el alma se purifica para el bien supremo en la esperanza de ascender al cielo de los escogidos, mayor merced ni deseemos ni pidamos, adoptemos la anuencia como norma, no para el torso, que es frágil y transitorio, sino para lo que pasando este queda, no especulemos que si una profusión de astros como flores tornan y retornan a partículas el plan divino es anárquico y quimérica la vida eterna, encomendémonos a la virgen maría que sea atalaya y timón, a san pedro que nos conceda entrada a la gloria y al altísimo padre que en su diestra nos consagre, el místico numen es la resurrección coronada en el beatífico regocijo de la salvación...,

seguro que iría a las cuevas de camuy, allá, en las escarpadas cavernas y los rabiones subterráneos entre las rocas y la orla de celaje en el estuario se confirma la omnipotencia del creador, experiencia única, pero quién quiere lidiar con la horda de turistas...,

estoy recuperado, ya siento ambas piernas, me gusta esta carretera, sobria su designación: la número dos, poco transitada después que abrieron la autopista, no obstante las tragedias continúan: la quinceañera de ramona, la cocinera del mejor arroz con cangrejo que saborear pueda el paladar, y los gonzález, artesanos que le impartían al barro y la madera un cariz sagrado en las imágenes de vírgenes y santos, porque no tomaron las debidas precauciones cayeron al orbe del cero, infortunios irreparables y perentorios pues una vez el humano es reducido a despojos arrepentirse no puede de sus faltas y pecados...,

con todo, los automóviles son un imperativo, en contraste, ¿quién prefiere un carro de bueyes o una recua de burros por medio de transportación?, hace ya mucho que pocos hacen el trayecto a pie, mas no yo, prefiero el contacto íntimo entre los sentidos y el entorno, cuando miro el campo quiero distinguir los riachuelos y los yuyos, las trochas y los atajos y que la impresión sacuda la fibra más sensible de mi espíritu, observando los rebordes, recreando lo ya visto, anticipando lo que está tras la curva, maravillado siempre por la singularidad de cada paraje, persuadido de que quien se arroba ante los prodigios de la naturaleza en su acopio de flores y frutos, del silbo del viento y el tintinear del arroyo, vislumbra la existencia bienaventurada y el medio ambiente en su esplendor y clama: *he aquí la presencia del creador...,*

las virtudes teologales y la fe son buenas, mas no bastan, con la mayor ternura que aunarse pueda hay que bendecir a cuantos cruzan nuestra senda y desearles que en su corazón guarden una oración al santo padre y amen a su semejante por ser precepto de devoción en la conciencia y que se regocijen en la gloria y los diseños de la creación y adopten la actitud de quien con la misma humildad acepta la perfección y la anomalía, la gracia y la expiación, que dios no viene obligado a reivindicar su deífica obra y nadie puede cuestionar la divina voluntad sin incurrir en sacrilegio, el fiel devoto se place en la expiación de los pecados y la caridad al prójimo, entusiasta cabal del favor y la indulgencia del señor...,

no me confunden las engañifas, he sido expuesto a tantas, ni me seducen las tentaciones, he aprendido a rechazarlas, ni las dudas, tan arrinconadas las he tenido, ya nada implican, mas no por ello me descuido, lo malo es rastrero y el humano desconoce la medida en que resistir puede los bribones impulsos, desviados devotos hay que dicen glorificar al señor predicando en la ciudad del hombre el mensaje de redención, extraños en todas partes vuelven del apostolado vacilantes, ansiando para sí la vida ascética, pocos lo logran, y un número menor aún es el que cede el corazón en éxtasis taumatúrgico, lo usual es que renieguen la residencia terrenal en tanto fantasean el paraíso...,

los de la villa de sotomayor cuentan que doña juana, longeva y menuda, compasiva y pura, la más ducha, hábil y capaz de las curanderas, recolectora de semillas, tallos y raíces lenitivas en el cauce del arroyo y a la vera del camino, a quien le había sido concedida una sabiduría remota y abstracta que excedía el límite humano y un grandioso misticismo iluminado, por la gracia divina preparaba infusiones y unturas que administraba a los que llegaban con padecimientos consuntivos, tan benéficas, nunca regresaban, ya que no sufrían recaídas ni requerían de otros cuidados...,

un atardecer intensamente coralino a la choza de doña juana bajó de la colina antonio con alma iris, su pequeña, tan demacrada, imposible era distinguir en ella quien fue o pudo haber sido, la curandera puso una margarita en la frente de la doliente y al punto captó el despojo que habría de sobrevenir, pues además era vidente, auscultó la frente enfebrecida, edematosa acá y allá, diciendo con la franqueza que tendría con un adulto: «todo tiene su punto final, acepta con providencia de fe el ciclo que te ha sido dado porque viene de la mano de dios, no por ser tan breve serás menos querida»...,

creo que doña juana y yo entendimos de la existencia lo fugaz, ¿por qué la parte mayor de los mortales no parecen discernir lo obvio?...,

he aprendido que el ser humano carece de sobriedad cuando se tiene a sí mismo por medida de perfección, yo no aspiro a la falacia rebuscada de la razón sino a la simple aceptación de la fe, no doy por sentada la gracia, tal los poetas místicos, en sus ansias de apremiar el reino celestial, lamentan: *muero porque no muero*, claro está, no el cuerpo, que lo rige el instinto, el alma, que clama el estado de beatitud, apremia el fin, quedando así testimoniado que se tienen ya por escogidos, mas presumir la salvación sin revelación divina es blasfemia, nadie es digno de conjeturar la divina voluntad ni puede agilizar la sagrada presencia, se requiere mucha humildad y más estoicismo...,

la santidad no es para todos, la gran mayoría formará parte del infierno de los condenados, pero yo sé que la ciudad del hombre y el reino del cielo es el mismo mundo, en diferentes planos, y procuro los dones del justo aquí, en la tierra, aunque allá, en el paraíso, no haya un lugar determinado para mí pues tengo en las horas de mi vida la esperanza de salvación, ¿cual es la disyuntiva: patrocinar el último burdel abierto en el amanecer o renovadas colocar las amapolas en el deífico altar del sacrificio?, ¿disfrutar los fugases placeres de la carne o un rosicler de policromía tan esplendente que solo pueda provenir del jardín etéreo del divino labrador?, jamás daré ocasión a que la pagana duda suprima del espíritu la posibilidad de la santa providencia y me lleve a pensar que este mundo efímero tiene más que ofrecer en sus regodeos que en su beatitud la gloria eterna…,

entre tanto aquí estoy agradecido de haber probado lo que ha sido mi vida, la más improbable de las probabilidades, no tengo otra razón de ser que el divino creador, el ciclo personal de mi trayecto es un efímero lapso de preparación espiritual; el dios padre, el espíritu santo, cristo hijo, la santa cruz, la crucifixión y la resurrección enlazan los dos planos: la ciudad del hombre y el reino celestial, y yo, acuciado por esta mística visión de apostolado, me postro rendido ante el ser supremo y vivificante, bastante incertidumbre hay ya en la rutina diaria para añadir la duda al misterio de la santísima trinidad, sería como impugnar el verde de las hojas o las escamas de los peces o las plumas de las aves por ser ajenas a mí, yo pienso que si el hacedor hubiera querido que yo las tuviera habría diseñado mi cuerpo acorde, mas no lo hizo; acepto cuanto es parte del universo con la naturalidad del niño, sin indagar lo intrincado de las cosas ni el porqué de la existencia porque el enigma jamás se supedita a la razón…,

la firmeza en rechazar las tentaciones es el mayor de los logros del humano, y la soberbia, esa voz interior que rezonga: *válete por ti mismo,* una sugestión engañosa que atenta con infamia contra la purificación del alma…,

¡ay de quien imagina con simulacros poder engañar a dios!, visita el templo y alza plegarias, pero piensa con el bolsillo, el poder y la egolatría y desconoce la inocencia del amor, y del que tiene sus opiniones por verdades, sus convicciones por acertadas y a sí mismo por custodio del evangelio, y exprime sangre, privación y llanto de su prójimo, y el de elevadas miras que tirado por una resolución vehemente persigue su sueño particular y afirma: *atrás ni para encomendarme al santo padre*, y ese que no reposa, el triunfo es lo único que cuenta para él, a sus espaldas un inmenso vacío, una negrura de abandono, farsantes que deslustran la pauta de quien subordina el egoísmo, la avaricia y vanidad al temor de dios, ¿creen, acaso, estos sicarios, poder resistir la ira divina?...,

a veces compadezco a los que envanecidos en sus pequeños círculos, sin exceder ninguno en las virtudes ni quedar rezagado en los defectos, debaten constantemente: que lo político es lo más importante, que toma precedencia lo económico, que la situación actual es la mejor, que un cambio radical es imperativo, cada cual tiene al adversario por traidor, zopenco o adoctrinado, entretanto todo sigue igual: josé, la fiera, detenido cada día en la intersección de las avenidas *roosevelt* y de diego con el cartel colgado de la nuca: *ayúdeme a enterrar mi hija, fallecida anoche, dios se lo pagará*; toña, la tonta, turbada al sentir las sacudidas de la criatura en su vientre; doña jimena, la viuda indigente, de cuyos muchos hijos ni uno a mano le queda, deprimida, quejándose: «me chuparon y después me desecharon», si los perjuros emiten juicio yo me mantengo calmo y circunspecto, no quiero censurar la mácula del otro, la soberbia es blasfemia, con la vara que mida al semejante me medirán…,

¿por qué aceptar los vicios, la impudicia y la blasfemia de los infieles después de haber probado el elixir bendito de las verdades teologales que tanto regocija?, ¿por qué no echar a un lado el apostolado cuando la plebe no observa los artículos de fe?, estas consideraciones divergentes rinden la misión catequística mortificante, con todo, resulta aún más humillante la propensión del incrédulo a tratar al predicador como un imbécil y someterle a burla y degradación, impartir el evangelio a quien se rehúsa a oír es agotador, cuánto más tentador recogerse al orbe trascendental y dejarlos al garete en su nefando mundo, que digo, dios mío perdona a este apóstata, es deber del creyente propagar la doctrina y no tomar en consideración el grotesco espectáculo de la muchedumbre, ya lo sé, para ello se requiere tolerancia y amor al prójimo, sin látigo en las manos, reproche en los labios, ni exclusión en el alma, nada que desuna o quite; quien goza de la vocación del santo para su perfección requiere injerirse en el asunto mundanal y ver en lo obsceno la presencia divina, mas conservando la inocencia de la niñez…,

cuentan los vecinos de palmer que un día inusitadamente lóbrego, francisco, el ermitaño, bajó de lo más denso del yunque al poblado con una capa vegetal por piel, hongos por uñas y nódulos supurantes por axilas, aunque se topó con bastantes vecinos, tantos años transcurridos, ninguno lo reconoció, mucho menos recordó los pormenores de su vida, y ellos, si bien los mismos de antes, también lucían distintos de las imágenes en su memoria, de modo que tampoco supo él quienes eran; buscó la choza, que por usucapión ya no le pertenecía, ocupada por un bisnieto que nunca cayó en la cuenta de quien era el que por intruso tuvo, después habló de la luz y las tinieblas, de cuantas interrogantes hay en el simple pétalo y de la imparcialidad de la piedra, mas nunca aludió a dios por entender que cada cual tiene que invocarlo en la conciencia en acto de constricción, cuando declaró ser el vecino ausente, un cuarentón chaparro; artero y calculador, presidente de la asamblea municipal, lo acusó de haber matado a francisco y hacerse pasar por él, en la algarada duro le resultó al alcalde restablecer el orden y evitar que lincharan al que tenían por impostor, más voluntad le tomó a francisco aceptar las incongruencias de los vecinos, pero lo hizo y los amó de nuevo sin tomar en consideración sus defectos y los llamó tenaz con el corazón y levantó otra choza con vista a la mar y en ella vivió apartado el resto de lo que fue la vida que dios le dio…,

estimarme justo ha sido la más recurrente de las tentaciones, mi vida es una lucha incesante con el egotismo tratando siempre de dar la espalda a la vanidad, suprimir el petulante en mí y rechazar la apostasía sujetándome a los santos mandamientos en imperecedera humildad, porque puedo venerar al salvador se distingue el ciclo pasajero de mi vida del lapso fugaz de la rosa, ¿por qué no?: admito esperanzar la gloria, pero ni apremio mi trayectoria en la tierra ni centro la redención en la rectitud de mi actos, pongo mi fe en la merced del dios vivo, observando el evangelio y haciendo el apostolado con votos de pobreza en tanto fondee el puerto el barquero aciago…,

tan consciente estoy del precepto de eterna salvación como gracia divina, tengo mis más inmaculados pensamientos, consagradas palabras y obras piadosas por mercedes que me han sido dadas por dios para mi propia redención, sacrilegio es ignorar el influjo seráfico, soy su instrumento y adalid consagrado a la divulgación de su palabra con las manos enlazadas en prueba de humildad a fin de ver confirmado el propósito divino: el mundo santificado y la humanidad enaltecida; no quiero la feliz llaneza del bruto ni la desvelada profundidad del erudito sino mirar el lado ordinario de las cosas invocando de hinojos al altísimo cuando le agrade y si no callando pleno de veneración, que antes que yo, y primero aún que el universo, él fue…,

porque la creación es manifestación efímera ante la potestad de dios, el mundo tangible al orbe intangible ha de retornar; es posible proyectar los principios evangélicos sustentándose en la liturgia y el credo puesto que si el hijo descendió a la tierra y se encarnó en hombre mortal entonces el espíritu santo también está aquí en la tierra asequible a quien lo ilumina con esa llama de la fe que perdura y el humano adquiere por derivación potencialidad de vida eterna; el espíritu no tiene medida, forma o aspecto, por lo que no es posible un conocimiento externo, cuantitativo o cualitativo de él, el devoto al rescoldo de la fe siente palpitar el hálito divino, los sentidos no penetran todas las dimensiones en una misma realidad, mas no por ello caen a menos las recónditas…, aquí la autopista converge con la número dos, se congestiona el tráfico, particularmente el de los grandes camiones de carga, hora templada: los merenderos desiertos sino por unos mozalbetes entretenidos en la pizzería del padre, me muevo en la cuneta para esquivar los vehículos, dejo atrás la repostería a la entrada de hatillo, en el desvío a lares me detengo ante las *ayacas* a la brasa, receta antiquísima del solar criollo, no las pruebo, no como la carne de las otras criaturas de dios, en otros días las hubiera saboreado en la hoja del plátano, sé que más calidad y apetecible gustillo de este manjar no se puede pedir, es un paraje idílico, no en balde la pereza como envite se esparce en la brisa…,

en esto me encuentro otra vez en la número dos, lanzo un vistazo a la casa embrujada, vacía, más fácil encontrar un sujeto que se aliste dos años en el ejército invasor que alguien envalentonado a pasar una noche ahí, la aparición, sea verdad o mentira, superstición es, interpretar lo arcano como maleficio de un espíritu malo tiene repercusiones negativas respecto a los buenos, las vírgenes, los ángeles, arcángeles y serafines, es decir, en cuanto a lo sobrenatural verdadero…,

tiempo hubo en que mi conciencia era una maraña de sombras y desconcierto, de la que al fin salí a la luz y al sosiego, no por el ejercicio de mis facultades, por mi fe plena en el ser supremo que me asegura: el ciclo terreno es un lapso efímero de preparación a la vida eterna, mi credo a la par dirige el corazón y la inteligencia hacia esa otra esfera de realidad que es el misterio, la dimensión etérea, la órbita que no se ve, aceptar lo que el espíritu infiere es comenzar a conocer lo recóndito en su interior, poder aquilatar no la forma del ser en el devenir sino la inherencia del comienzo en el fin, y el retorno del alma, solemne y jubilosa, al orbe empíreo de donde provino, el sentido trascendental se pierde cuando la persona se rehúsa a aceptar por fe el orbe sempiterno y fantasea penetrarlo con el raciocinio, lo indefinible del límite incorpóreo pone un telón de impenetrabilidad a los dictados de la voluntad y los impulsos del capricho que supedita la verdad inseparable a la totalidad al alcance del entendimiento...,

devoto quien espera jubiloso que se cumpla el ciclo del plan divino: creación, caída, apocalipsis y juicio final: primero fue un período de inocencia edénica, cuando el hombre no conocía aún el mal, después es esta etapa de descenso en que las virtudes teologales y la pauta impía coexisten en tirante tregua, luego será el fin terrorífico de la época presente, y por último el día en que por la mano de dios las almas serán juzgadas, la inmensa mayoría descenderá al infierno de los condenados en tanto que unas cuantas ascenderán al cielo de los escogidos...,

yo soy el guardián de ese artículo de fe que orienta la terrenal existencia hacia una esperanza más sublime que la más elevada de las ilusiones, el último de los insondables misterios: la salvación del alma, la esperanza de gloria eterna sustenta la consagración al redentor con el corazón, la oración y el sacramento y conlleva acatar las tribulaciones con regocijo por saberlas ser pruebas para que el espíritu se adelante, estos credos son directrices de mi vida, pruebas fehacientes de entrada al paraíso, yo nada impugno, pongo mi fe de salvación en la misericordia del señor...,

he aquí el enlace del universo tangible y el orbe intangible resuelto en un precepto: jesús es el camino, a mí esto me resulta evidente, está escrito y lo creo, no soy dado a cuestionar sino a aceptar, ni siquiera tengo objeciones al postulado científico, prefiero mantener una actitud abierta; para un buen cristiano, en lo que respecta a la naturaleza tanto como al misterio, profesar es una ley sagrada y un deber de la conciencia, y es una falta dudar, pues cuanto el omnipotente hizo parte de la creación es esencial al plan divino...,

ahora bien, hay salvedades: las verdades cosmológicas están limitadas a configuraciones dadas, cada una se observa aislada aplicando siempre las mismas leyes mecánicas por lo que suele decirse que este conocimiento es relativo, el universo es muy vasto y se expande y se torna más complejo y un oscuro principio de incertidumbre respecto a las partículas elementales reconoce que algo se pierde y ya nada es igual ni hay modo de precisar la diferencia...,

en inglaterra un texto salió a la luz que propulsó otra forma diferente de ver y entender las especies, curioso, el autor era un hombre religioso practicante, ahora se le recuerda por haber provisto un esquema teórico para hacer conjeturas los ateos, mas yo no lo veo así, él reflexionó sobre el humano como un animal estrictamente sin tomar en consideración el alma que es lo que le hace el ser que es, por lo demás no se lee en ese texto que el ser biológico es lo mismo que el espíritu y que el uno y el otro tienen fin, eso de las transformaciones morfológicas me tiene sin cuidado, la inmortalidad es para el espíritu, que es perfecta y se orienta al ser divino, no para el cuerpo; en fin, no deniega el principio del diseño en la creación, lo que añade es la adaptación al ambiente como factor categórico en la transmutación del organismo, ¿y qué? ¿no son los grupos raciales y las criaturas aisladas en las altas sierras y las tierras bajas, el trópico y el ártico, los bosques húmedos y las zonas desérticas aclimataciones a geografías determinadas?...,

otro filósofo habló de igualdad entre los hombres, de justicia social y de que el capitalista le roba la plusvalía al trabajo del obrero, yo no he podido precisar si lo hizo con la nobleza que deriva de un rebelde móvil humanista o si retrocedía a sus raíces espirituales en el viejo testamento a rescatar el precepto de amar al prójimo como a uno mismo, lo que sí tengo en claro es que él también limitó su análisis del ser humano al factor socio-económico, omitiendo así que la religión es una puerta a través de la cual el alma pasa a ser una con el infinito, el reino de dios está tanto en cada uno de nosotros como en el cielo y si por razón de la constricción de la conciencia tras el pecado original no percibimos lo incorpóreo no significa que estemos limitados a las verdades en torno a la materia, la mecánica y nosotros mismos, si bien ineptos para cuantificar lo místico y faltos de las categorías espirituales nos guían las santas escrituras, los mandamientos y la revelación divina que ensanchan la perspectiva del misterio...,

aquel pensador bregó en el lado teorético, no así sus seguidores, esos tuvieron que lidiar con el humano real y las circunstancias concretas en la práctica, nada fácil, el espíritu subsiste a través de las épocas, se muda de lugar, es libre y se eleva hacia la vida eterna...,

Cada vez que la cristiandad pierde a la vista las viejas nociones teológicas, fuerzas regresivas relegan el benigno evangelio nazareno y predican dogmas de conversión forzada, atropello insidioso, redención encarnizada, el ejemplo del cristo vivo se proyecta como vaga imagen de un tiempo remoto y el vínculo entre él y los creyentes extraviados se va disipando hasta llegar a ser trivial, así fue durante las cruzadas, la inquisición y la colonización del nuevo mundo, para restablecer las piadosas doctrinas, los fieles tienen que buscar la fuente de iluminación no en las prácticas impías de su día sino en el templado misticismo del pasado, rescatar la espiritualidad perdida y renovar el significado del evangelio,

¿cómo evitarlo?, imposible, sacude las entrañas, tuerce las vértebras y conmueve el espíritu guajataca, en los contornos de este paraje se cometió un hecho diabólico en el nombre de dios: aquí suprimió el español al taíno, hoy yo pido perdón por el genocidio e imploro: ¡qué la gracia del espíritu santo descienda sobre los que aquí cayeron!, se tenga conciencia o no, pocos aprecian la magnitud del infortunio del aborigen como si fuese materia de libro de historia y no lograra pasar de la objetividad del intelecto a la subjetividad del sentimiento,

mejor pernoctar ahí, al costado de la peña con la efigie del taíno en la entrada de la carretera vieja a isabela, y encontrar pronto descanso a la fatiga, ha vuelto ese gato, maúlla sin cesar y contorsiona el espinazo, ¿porqué me llena de pavor?, cualquier lugar para dormir es bueno, se proyecta una noche fresca y preveo poco tráfico, los motoristas prefieren transitar la número dos a sus anchas, desamarro los zapatos, aflojo la correa y me recuesto sobre la grama, observo el millar de astros que parecen multiplicarse de sí mismos, qué hace ese condenado micifuz aquí a esta hora, extraño,

me desplazo, quiero decir, floto en un medio fluido, profuso de formas indefinidas y tornadizas, confiado en mi volatilidad no me preparo para el golpe de viento que viene a lanzarme contra los guijarros en el suelo, desacierto aparte, quedo aturdido, pero puedo conjeturar que el polvo me ha hinchado los ojos y veo muy poco, un gran número de hormigas me atiborran los oídos y oigo menos, gusarapos me invaden la nariz y nada tengo al olfato,

despierto agitado y pienso: tal vez la divina majestad manda estos visos para alistarme al rescate de las almas afligidas, en torno a mí nada ha cambiado, bueno, algo parece notar el gato que se escabulla por entre las matas, de pronto un hombre trasnochado sale de la carretera y sube hasta donde yo descanso,

—Hola, ¿se siente bien? —inquiere timorato, la mirada fija en el punto por donde el gato había desaparecido. Agrega—: Bueno, eso espero,

observo en la claridad lunar la camisa y el pantalón caquis y las botas a la altura del tobillo, excedente militar, también oigo el respirar agitado, respondo:

—tan hábil y satisfecho como dios me lo permite, y usted, ¿cómo está?

se quita el sombrero, se echa sobre la grama y entorna los párpados,

—Hace años que el sueño no hace cama en mí y yo de pura gana me muero por dormir, no sé, quizás el desaliento o el conjunto de contrariedades y perturbaciones que se encierran dentro o tal vez la suma de tanta privación y desdicha o acaso el temor a que la pelona llegue de pronto y me tome desprevenido, claro está, no he dicho todo, queda más, mucho más...

se apoya contra un arbusto, bosteza y deja un tufo de espanto,

—Le advierto: lo peor no es el agotamiento sino tener siempre presente el desvelo. Saberme impotente deniega la posibilidad siquiera del sosiego, una especie de encrucijada, supóngase que apenas entra la tarde dejo la casa para no tener que ver la cama en el dormitorio.

saca del bolsillo un pañuelo ostensiblemente curtido, se cubre la nariz y expulsa un raudal de mocos, yo estimo: retumba como el culebrinas en las crecidas de mayo,

—Tal es la envergadura de mi aflicción que temo nunca he de soñar, ¡qué horror! no ser capaz de imaginar el paraíso.

¡cristo consolador, derrama tu gracia sobre su alma!, imploro quedo,

—Sin la intención de ir del dicho al hecho, suele afirmarse: *Me cambiaría por otro cualquiera.* Mas yo sí lo haría a fin de que entre el sueño al inacabable insomnio que es mi vida.

—vamos a su casa —sugiero conmovido—, y hablemos, es lo mejor,

—Lo haría, joven, si con ello resolviera algo, mas ¿para qué?, de antemano lo sé: perderíamos el tiempo, el suyo y el mío.

—no importa, es lo propio —hago hincapié persuasivo,

su rostro desdibuja una expresión de escepticismo, suspira y frunce la frente,

—Que conste: acepto porque no me quedan fuerzas para oponerme a su insistencia.

un automóvil se desliza zigzagueante, detona una descarga, es obvio que el sistema de combustión está averiado y el chofer borracho, pero nada parece importarle, prosigue la marcha llevándose por delante los matojos de por medio la cuneta,

—Soy un penado del insomnio, entretanto solo aspiro a ser un liberado del sueño. Me las ingenio para sobrevivir, mas confieso: a veces tras cerrar la puerta he considerado colgarme del gaznate.

le veo esquivar la mirada, conmovido conjeturo: nada como sentirse impotente suscita humildad, y de pronto me siento atado a este hombre que en horas de desaliento considera claudicar al mundo de los sentidos y entrar al insensible orbe del cero,

desde una rama, al borde de la carretera, un búho gorjea en su característico tono lastimero, luego sobrevuela en dirección al monte, en acecho de eventual presa,

giramos por una trocha agreste en silencio, se desdibuja al fondo una casa solariega, y en el batey un caballo con soga atado a una estaca, me adentro y observo el estado de abandono: vetas de mugre cubren el piso, musgo alimentado por los elementos las paredes, costras de polvo las ventanas, maraña de telarañas el cielo raso, en fin, no se trata de una vivienda realmente sino de otra cosa más afín a la sepultura,

abriendo y cerrando los ojos, comprimiendo los labios, respirando a intervalos irregulares, el anfitrión flaquea hasta detenerse, tomo su mano, lo conduzco al dormitorio con cierta formalidad y le advierto:

—el humano tiene que domeñar el afán de controlar la realidad y suprimir la conciencia para descender al sueño, lo que requiere humildad en el talante y esperanza en la indulgencia del señor,

salgo de la habitación en tanto él se mueve alrededor, indeciso de si echarse o no en la cama, conjeturo: paciencia, necesita algún tiempo, y hubo entre quedarse solo y el horrísono roncar un lapso breve,

el humano es incapaz de transformarse por sí mismo, que un pecador haga votos de probidad puede parecer a los demás ser su propia resolución y sin embargo proceder de la omnipotente voluntad que la imprimió en su conciencia, pero si hasta el mismo san francisco de asís reconoció ser un cúmulo de flaquezas, indigno de la santidad que desciende sobre los escogidos por la gracia del espíritu santo,

los insectos desconocen el precepto de devoción que depara de las dudas de la razón y dispensa la constancia de la fe, ni saben de las otras virtudes teologales: esperanza para observar los santos mandamientos y emular las maneras del altísimo, caridad para percibir en el semejante la imagen divina y rechazar la inequidad, nosotros, los humanos, que indolentes renegamos los mandatos divinos estando dotados de entendimiento somos menos que esas sabandijas, no obstante dios nos ama,

estoy convencido que el insomne le metió el cuento del milagro en el oído a cuantos encontró en su camino y rápido se difundió entre los vecinos con adiciones sensacionalistas, ¿cuántos vinieron?, imposible precisarlo, baste señalar que allí estaban agrupados ya los enfermos del cuerpo y los del espíritu, no sabían quién era yo, ni qué hacía en el lugar, tampoco les importaba, venían a usarme de intercesor entre ellos y la divina providencia, ignorantes de que a dios no le gusta ni el "run run" de los motores, ni el "hum hum" de las bocinas, ni el gentío desmandado y, como tiresias, solo podían percibir las tinieblas en sus corazones,

—¡Otros vendrán! —exclama el anfitrión, señalando hacia el gentío, con un entusiasmo que raya en frenesí—. Es tiempo providente, imagínese, una tierra donde no hay enfermedad sin cura ni mal sin remedio.

calculo: siente una profunda afición hacia las masas, actitud que le resultaría desequilibrada, si no repugnante, a los que profesan preferencia por la aristocracia del intelecto, yo prefiero su postura, la probabilidad de un conocimiento acabado es un categórico cero, la suprema voluntad deriva de categorías inaprensibles a la inteligencia, empero no puedo ni quiero lidiar con una trulla de dolientes, el anfitrión sale por la puerta trasera, yo me escurro tras él, preferible que me tenga por ingrato a que se suscite en mí la egolatría y mi conciencia pierda el sentido de desdén a las adulaciones, lo observo acuclillarse en un rincón, pantalón a la rodilla, todo pedos y fetidez, ¿qué esperar? tanta gente y un solo retrete, es obvio, lo que comió no le cayó bien,

cruzo un pequeño montecillo que desciende con la barranca a un arroyo, más bien un hilillo de agua turbia que apenas fluye y en tiempo de lluvia forma riada y es insalvable, salgo a la carretera, a intervalos me voy topando con otros que entienden se orientan a mis manos para prorrogar la hora del sepelio, saludan y prosiguen su camino, no quiero mirarlos, sufro por estos cautivos que relegan la esencialidad del ser en su mortalidad al milagro, y ruego que vayan por el sendero en el temor del ser supremo,

durante siete días he recorrido estas veredas elevando plegarias, abjurando la soberbia, llorando por los pecados, apartado de la gente, meditando sobre la temporalidad del tránsito mundanal y la perpetuidad del reino celestial, saboreé la fruta de la pomarrosa y degusté las aguas del chortal, recios vendavales bañaron la campiña, no por ello me empapé, guarecido bajo el santo manto, en el capullo y en la sabandija reconocí la presencia divina y en el silbo del viento escuché su llamado, signos providentes del cielo, salí del monte y entré en los pueblos proclamando el evangelio para agrado del señor,

en el barrio san antonio, ¡alabado sea el santo nombre!, dos ancianos, apostados contra una empalizada, me aguardaban, sombrío él, en cada gesto traslucía su carácter volátil, compungida ella, marcada por un inacabable sufrimiento,

la mujer se adelanta y me toma del brazo, tirando de mí hasta la otra margen del camino en tanto el hombre queda atrás con su expresión fría e impersonal,

—Ahí, en la verja detenido, puede ver su cuerpo, pero su espíritu no está con él, ese se extravió en el sendero por la extraña seducción de la vanidad.

él nos sigue atento con la mirada queriendo descifrar lo que se dice sin oír en la distancia, en el despejado firmamento circunvuela un guaraguao, el hombre cruza los brazos, la mujer es buena, lo sabe, entonces, ¿por qué no clama?: ¡ayúdame, por piedad!

—La angustia asedia su estirpe con una condición congénita: el abuelo paterno, el padre y dos hermanos se suicidaron y él habla de hacer lo mismo displicente y complacido.

simula sacudirse la nariz intentando contener las lágrimas, yo lamento: dios mío, qué trágico,

—¿Tiene su condición remedio?

—roguemos al cristo rey para que ore hasta hacer el rezo del rosario con el corazón,

—¿Cuánto tiempo tomará en sanarse?

—dios sabe, él dispone, nosotros solamente proponemos,

escruta sus manos como si pretendiera ver lo indefinido, luego observa al marido de reojo, y dice:

—Créame, ha renovado usted mi esperanza.

—por piedad, dígame, ¿cuál es el infortunio que corre en esa familia?

—La encía, es decir, una afección que les causa la pérdida de la dentadura. Después, avergonzados de su apariencia, se sienten menos que nada y abrevian el fin.

—la soberbia pecado es, solo la humildad arrodillada salva, para ser merecedor de la providencia del redentor hay que aceptar su voluntad, en fin, no hemos sido llamados a decidir cual debe o no ser la imposición divina,

observo los aspavientos de ella e infiero que me excedí, reflexiono: la ha turbado el pecador en mí, suplico con humildad:

—por caridad, apiádese de la impureza de mi corazón, humano soy y plagado de flaquezas,

ella vuelve a tomarme del brazo afirmando con dulzura:

—Vamos, tranquilo, no me han herido sus palabras.

circulamos de vuelta a la empalizada, junto al hombre que sigue con el rostro encajado en la agonía del desprecio por sí mismo,

supongo todos tenemos la capacidad de hacernos daño, la conciencia es traicionera,

la mujer avanza hasta el marido y le habla con dulzura, yo la escucho, por su boca discurren mis ideas:

—No permitas que te arrastren las pasiones, ni las faltas pasadas frenen la paz venidera.

se contiene, inhala profundamente, y escruta el rostro del hombre, atenta a su reacción, él no solo calla, ni un gesto delata lo que por su mente pasa,

otra vez la oigo enunciar mi pensamiento:

—Rechaza el egocentrismo, la soberbia y la blasfemia, tornando de las pasajeras apariencias a las imperecederas verdades en consagrado acto de fe,

el hombre sigue callado, pero ahora hay una cierta ofuscación manifiesta en el semblante, algo así como un indicio de introspección, tal vez una transformación aún más profunda,

—A cada cual su condición le es dada en infalible gracia —prosigue ella—, acepta la tuya y celebra el mandato divino.

de repente el hombre parece ser otro, los nubarrones que amenazan con lluvia se esfuman y la bóveda celeste refulge soleada,

—¡Dios mío! —clama la mujer conmovida—, no lo puedo creer, la primera vez en tantos años que te veo sonreír,

marcharme, eso, es lo apropiado, echarme a un lado, de modo que disfruten a sus anchas el momento y den rienda suelta a las emociones sin que les cohíba el ojo ajeno, enalteciendo al ser supremo con humildad: tu infinita misericordia ha obrado el milagro,

miro hacia atrás, la pareja se despide en la distancia: él agitando el brazo, ella lanzando besos con la mano,

xperiencia única, sacra realmente, evoca el paraíso, aquí, donde se vierte el río en la mar: empuje de riada, batir de ola, suspendido como en un inmenso estanque observo mi cuerpo desnudo flotando en la vastedad y otra vez confirmo que soy una ínfima parte de la creación, no por ello me someto a la apatía, relegando el sentimiento, desdeñando la aflicción, satisfecho de que hasta lo más exiguo participa de lo divino,

siempre hay alguien que para alcanzar su redención renuncia al espectáculo de la humanidad y se recluye en la soledad confiando, apático y huraño, que la decadencia contaminante del mundo no llegue a él, mas no por dar la espalda a lo que no se quiere ver se desvanece, cuidémonos, por lo tanto, de esos que quieren superar el común destino huyendo ante las tentaciones del mundo, salvaguardando sus flaquezas,

también los hay que no requieren apartarse del semejante para ser en sí mismos una gruta, súbditos del encierro, artífices del vadeo, magos del agache, axiomático es que tapujados los defectos se notan menos y que esto favorece la presunción de virtudes o al menos la ignorancia de vicios ya que nada nadie sabe por cierto, mas una vida consagrada al aislamiento puede fácil caer en las garras del enemigo,

¿dónde estará wilmer?, tan excéntrico, todo se lo revelaban las aguas cantarinas, las ramas crujientes, el zumbador trepidante, con este efecto: se mantenía al tanto de los designios de los *cemíes* de la primera época taína, solo requería invocar las fuerzas anímicas que de antaño reposan en lo recóndito de la naturaleza para que el viento esparciera sus voces en el soplo de la brisa, yo, que era un escéptico, pensaba: no porque en su tenacidad oye palabras realmente algo es dicho, no, no se deben descartar las insidias vocingleras del delirio, de la soberbia y la ilusión,

cuando nos graduamos de secundaria, él se había iniciado ya a las lecturas de lo esotérico que le resultaron ser no solo didácticas sino acorde sus propias creencias y conjeturas, en ellas confirmó que la noche es un fluir de galácticas melodías transubstanciadas a gratos signos astrales, además frecuentaba la compañía de un prodigioso maestro, un solitario con el poder de aparecer y esfumarse por un mágico propósito veraz, quien le instruyó en el rito que culmina en la transfiguración de la materia,

dos años no habían transcurrido aún cuando se cruzaron joselito y él en un partido de baloncesto intercolegial, por entonces estaba casado y con gemelitos, una consecuencia imprevista más en su desordenado vivir: él y la hembra no contentos con entrelazar las manos sudadas e intercambiar las caricias entraron en la alcoba de la que ella salió con la matriz doblemente llena,

¡una jodía pesadilla! —opinó joselito a la sazón—, imagínate, un par de cachorros con la obligación de levantar otros como ellos,

la última vez que nos vimos, un día antes de yo viajar a españa, continuaba preocupado por las comunicaciones celestes y el inaudito maestro, ya no era el mismo, en el descontento que trajo a su vida el tener que cumplir con los deberes asumidos se había ido adentrando en ese vicio que destruye a tanta gente: la bebida, se violentaba y alzaba la voz para imponer su voluntad, y fue perdiendo a los amigos, aquello no fue todo, a más severo escarnio sometió a la esposa: objetar a la bebentina o contravenir el voluntarioso dominio o expresar la opinión propia bastaba para que la golpeara sin piedad, naturalmente, también ella lo dejó, a poco desapareció él, de su paradero nada nadie sabe ciertamente, ante la inexplicable disyuntiva lo que persisten son especulaciones y rumores tales como que anda dando traspiés en otras latitudes del planeta tras los pasos del maestro o que se ha transmutado tan imperceptible como los mensajes siderales que no lo dejaban,

quien wilmer quiso ser y quien fue realmente eran seres diametralmente diferentes, incapaz de concluir sus cometidos personales ni de seguir los preceptos de sus creencias, su vida real, a tumbos encaminada, al margen de las consecuencias, fue un fracaso, su vida imaginada no fue más atinada, tornando las impresiones internas a realidades externas y las quimeras privadas a verdades universales, omitiendo la fuerza suprema que gobierna desde las órbitas galácticas y las partículas elementales hasta la inteligencia y el corazón: la voluntad divina,

dios, cabe recordarse, admite a su diestra a los probos en consagrada humildad y devoción, mas la gracia es de él para conferir o denegar obedeciendo a una recóndita resolución divina, aunque la persona sea un fiel amante de cristo y reúna las virtudes teologales y una vida ejemplar la salvación no es axiomática, aún después de haber recibido el espíritu santo el devoto viene obligado a evadir situaciones obscenas y asuntos mundanales a fin de conservarse digno de gracia, por ello, no debe sorprender que más de un asceta en éxtasis supino haya cuestionado ser merecedor de un lugar en el paraíso,

plácenme estas aguas, refrescan mi cuerpo y glorifican el espíritu, evocan la antigua alberca del yunque, donde la flora endémica desplegaba sus colores y esparcía sus aromas, las flores seducían las mariposas y las abejas, las aves intercambiaban la tierra por el cielo, el aire tenue susurraba y yo entonaba a pulmón abierto:

canta, mi corazón, canta,
canta y celebra la vida,
lo demás que no te importe,
es tan solo tontería,

canta, mi corazón, canta,
deja al tiempo tus querellas,
un momento de alegría,
vale por lustros de penas

cimbraban las ramas aventadas por el viento saturando de voces el espacio, las flores de la serranía desplegaban esa amplia policromía que cautiva los ojos y esparcían esa fragancia que penetra las narices con impulso irrefrenable de tersura, «cuidado —advertía la gente—, en esas aguas hay caimanes y culebrones», y yo medroso sentía que se enroscaban en las piernas y mordiscaban los muslos, con todo, no podía refrenar el zambullón,

soñé ser un marinero,
fui a descubrir otro mar,
anclé mi barca en un puerto,
ya no quiero, ya no puedo navegar,

quise ser un jardinero
un día cultivé un rosal,
las flores se marchitaron,
perdí el deseo de sembrar,

un zagal entra en la playa, me observa un instante, luego va a sentarse sobre un banco de arena, pienso: es un cuaderno inconcluso, cuánto mejor sería escribirlo no con tinta, con la sangre de jesús, lanza piedrecillas que se deslizan sobre las aguas, ese entretenimiento, por experiencia propia sé, da margen a la reflexión, le bendigo y le deseo que el reino del señor esté siempre con él en el eterno éxtasis del espíritu,

canta, mi corazón, canta,
y renueva tu canción
canta, mi corazón canta,
y deja escuchar tu voz,

era un buen sitio para vivir este, ya no, poco de la naturaleza queda, invadida por ventorrillos de día y bares de noche, ruido y bulla a todas horas, eso, y la extensión de los servicios antes exclusivos a las zonas urbanas: electricidad, acueducto, alcantarillado, correo, teléfono, han transformado la campiña, aquí la vida no tiene la placidez de antaño, ni la gente la inocencia que suya fue, en mis cortos años he visto desaparecer el campo, es decir, si no se toman en consideración los parques nacionales y las reservas forestales,

un perro olfatea con prisa el enorme tronco a orillas de la trocha, lo marca con un fuerte chorro de orines y da vueltas al árbol en una especie de rito ciego, ¿con qué propósito?, no es una seña para él sino para los otros realengos, pobre destino, la parte mayor de las veces tragando piedras,

los politiqueros con los ojos pendientes a las encuestas, que les indican las expectativas momentáneas de la gente, y los oídos sordos a las verdades eternas, esas que iluminan el sendero al reino del cielo, esta actitud impía propicia que practiquen con hambreada codicia la corrupción sin que les sacuda en lo más mínimo la conciencia ni les perturbe el sueño, se comprometen en soborno a fin de recaudar los fondos para sus campañas electorales, no con el mesero, ni la lavandera, ni el limpiabotas sino con los que controlan los centros de poder: banca, industria, hacienda y templo, imponen los proyectos que benefician a estos contribuyentes haciéndolos ver como sensibles a la voluntad popular, asegurándose que la alevosía no se note, torcidos por el arrastre de las pasiones buscan enriquecerse sacando provecho del débil a su arbitrio, sin tomar en cuenta que serán juzgados por sus obras en el día del juicio final,

¿cómo debe la persona justa proceder si dondequiera la ventaja de uno es la desventaja de otro?, los argumentos sobran, yo estoy convencido que la salvación del alma requiere desentenderse de la contienda, pues si a todos nos es dada la capacidad de hacer el bien también nos descarrían las tentaciones, cuidémonos de tomarnos por seres excepcionales, inmunes a las malas asociaciones, lo diabólico puede ser inexorable a quien lo reta, ante todo procuremos la humildad que refrena los excesos y traza la devota pauta, reconciliemos los deseos con la divina gracia y sustentados en la fe tomemos conciencia de la relación entre la materia en el devenir y el espíritu en el orbe imperecedero,

esta humanidad de perspectivas anodinas no toma en cuenta el trasfondo espiritual de la existencia, el ennegrecido caos le induce a la codicia, ambicionando altas distinciones sin mayor esfuerzo, mas no descorazonemos, el ser supremo tiene el poder de hacer que aquellos que creen en él tornen los ojos al misterio de la inmaculada concepción como fue en los tiempos de decadencia espiritual en que la luz divina vino a morar en la matriz de la virgen maría y a través de ella a iluminar el mundo,

algarabía de mozalbetes, viene una docena por la vereda bajo un cielo que de tan azul parece pintado, se empujan, no por ir de prisa sino para darle rienda suelta al excedente de energía que hay a los tiernos años, lanzan miradas de soslayo, ¿por qué presumir que en acción irreflexiva un joven puede cometer actos atroces?, natural a la vivaz edad es que no tenga una actitud sensata, todo lo demás es pura especulación, los observo salir a la playa y luego practicar los ejercicios de lucha libre dando un espectáculo, seguidamente retorna a la trocha uno tras otro hasta formar una columna, me tiran la última ojeada y se despiden agitando los brazos, yo les contesto el saludo con el corazón y ruego que sigan siendo niños y el reino de los cielos sea siempre suyo,

antes de salir del brazo del río me permito una meada, ¡ah!, me gusta sentir el tibio fluir sobre las verijas, el día sereno, el torrente al verterse en la mar y la fresca brisa me arrastran sedantes a la vieja alberca de la mocedad, entre la fronda, un aire lastimero e imborrable esparce la brisa:

> canta, mi corazón, canta,
> adelántate a las penas,
> no te eches el mundo al hombro,
> lo que no cargas no pesa,
>
> canta, mi corazón, canta,
> juega feliz como un niño,
> lo más tuyo un día será,
> un destrozo del camino,
>
> soñé ser un jardinero,
> un día cultive un rosal,
> las rosas se marchitaron,
> perdí el deseo de sembrar
>
> quise ser un marinero,
> fui a descubrir otro mar,
> anclé mi barco en un puerto,
> ya no quiero navegar
>
> canta, mi corazón, canta,
> y renueva tu canción
> canta, mi corazón canta,
> y deja escuchar tu voz,

sobreponerse a las limitaciones del cuerpo es adelantar el espíritu, poco representa el infortunio al devoto que lo sabe pasajero, la visión que se revela al alma pura es más grande que cuanto apreciar pueden los sentidos, puesto que no está constreñida al devenir, a la presentación ni a los símbolos y prueba de amor de el salvador tiene en la gracia del bautismo que le abre la puerta al paraíso,

allá va el perro realengo a olisquear mis ropas puestas sobre una piedra caliza a la margen del río en su desembocadura,

—¡largo de ahí! —grito,

no me escucho, vuelvo a chillar, también sacudo las aguas a golpes de manos y piernas, el alboroto le hace correr despavorido, pobrecito, no me conoce, soy incapaz de hacerle daño, con que no ponga mis pertenencias a la prueba de sus orines me basta, saco en claro que otros no han sido tan benévolos, me sobrecoge una inmensa pena por él que es maltratado y más por el humano que corrompe su alma con la crueldad y de manera regresiva transgrede el principio integral de la creación, irreflexivo de que el uno y el otro criaturas son del sumo creador,

no recibimos una impresión inequívoca del mundo de las formas, el entendimiento está lleno de vaguedad, la conceptuación limitada a lo que apreciamos de la cosa y el universo discursivo sujeto al vocabulario a la mano, todavía circunscrito al significado subjetivo que le imparte el interlocutor a las palabras, ¡suerte!, no es con los sentidos ni el raciocinio ni el verbo sino con la fe y la revelación que penetramos el orbe celestial al tiempo que nos abstenemos de indagar la voluntad soberana del señor y engendrar sacrilegio en el pensamiento, arrogancia en las palabras e incontinencia en las obras,

remilgos no tengo en adentrarme en la órbita etérea consciente que puedo extraviarme y pasar a ser un guiñapo de lo que antes fui, un ferviente deseo de conocer al creador me impele allá, donde solo hay ínfimos asomos, disgregadas nociones y la presentación sensible conlleva las limitaciones de lo imperceptible, soy un paladín del mandato divino, no por ello su propagandista y promotor, repudio la comercialización del precepto cristiano tan en boga entre los predicadores de la televisión que dicen requerir grandes donaciones para llevar el evangelio a los confines del planeta, como si la aceptación del credo fuera asunto de dinero, místicos descarriados, no comprenden que las categorías del ser supremo son incomprensibles al intelecto,

salgo lentamente del agua suplicando: por caridad vierte en mí tu pureza, a fin de que emerja de este estuario como lavado en agua bendita, ¡salvador eres!, por tu sangre derramada, rígeme y sé mi sostén en esta resolución de vivir como tú mandas en preparación del juicio final,

desde el puente tiro una mirada alrededor: las labores del ensanche de la carretera prosiguen con aparente intención de nunca acabar, montones de latas de cerveza, botellas de ron, bolsas plásticas, llantas, escombros de vehículos y enseres de casa desechados echando a perder la tierra, tal parece nadie toma en cuenta que no tiene repuesto,

varios kilómetros hasta rincón aún quedan, me detengo en un kiosco y compro los alimentos esenciales: pan, queso y agua, para mí comer se ha reducido a una necesidad nada más, evoco a la tía rosalba con su cuerpo de ballena, se diría que hasta dormida lanza centelladas en tanto un crío en áfrica tiene que subsistir con la boca cerrada, y así, ya practicando la gula ella, ya privado de comida él, ambos muriendo en sus extremos, pero, ¿por qué áfrica?, aquí también hay un sinfín de hambrientos, supongo es menos controversial señalar la miseria en el exterior, particularmente las naciones pobres son blanco oportuno ya que todo resulta más creíble y pocos abogan en su defensa, me obligo a comer sin dejar de caminar, acomodan los bocados en la panza los tropezones,

los esquemas doctrinarios de los países ricos dejan fuera del círculo banderizo a los otros pobres, acá, en los estados unidos de américa, el mesianismo de los llamados cristianos renacidos ha adquirido el fanatismo apostólico que dio impulso a las cruzadas medievales para rescatar el sepulcro santo y al genocidio del aborigen en la empresa de la colonización, predican otra cosa: mejor suerte no tiene que la sumisión quien quiera librarse del yugo de la opresión, realmente nada tienen para dar sino una copia pobre de lo que son,

no puedo recordar el nombre del curita aquel que ejerció su sacerdocio en una de las parroquias del interior de la isla hace unos años, débil para con las féminas, siempre lanzando ojeadas cuando las tenía a su lado, ¿dios sabe cuántas conquistó?, se las llevaba a la rectoría después de la misa, nada nadie sospechó hasta aquel domingo de ramos cuando bajo un intenso vendaval el capellán fue a buscar a su mujer allá y los sorprendió, ella con la falda al gaznate, combadas las piernas para allanar el tramo a la abertura escondida, él con la bragueta abierta, de puntillas para penetrar hondo, pobre hombre, ni montó escena ni se violentó, cabizbajo salió del salón, pero algo en su interior murió, perdiendo a la par el apego a la iglesia y el afecto por la mujer, realmente fue la última vez que le vieron los compueblanos, en cuestión de horas partió hacia nueva york y nunca regresó,

—No hay cosa peor para una esposa devota que ser abandonada por su marido —repetía ella observando a los interlocutores de reojo.

ellos asentían con afectación solemne, luego decían a su espalda:

—Se lo merece, tuvo que perderlo para saber qué bueno era.

Y reían.

tal fue la comedia pueblerina hasta que trasladaron a otra parroquia al curita putero, tan pronto sucedió aquello la hembra intercambió la casa curial por el prostíbulo, al inicio decía detestar lo que conlleva ese más antiguo modo de vivir: el flujo uretral, el pringue en las sábanas, el descuido de los baños y el humo del cigarrillo, al cabo de unos años no aceptaba otra cosa, ni mejor suerte quería que la que allí tenía,

joselito era el mejor del grupo, digo, el más agradable en su trato, bien recibido en todos los círculos y a la vez acertado en cuanto al carácter de los demás, incluso aquellos que él esquivaba abiertamente dada la ocasión salían en su apoyo, se diría que tenía un tercer ojo: siempre escogió sus amigos como si conociera de antemano la justa medida de cada cual, ¡oh, sí!, era casi perfecto para sí, paradójicamente, respecto a los demás era lo opuesto: el lucro tenía prioridad sobre el bienestar común, debo señalar que en él una actitud maligna nunca la hubo, privar a otro de lo suyo lo estimaba abominable, simplemente creía que el mejor sistema económico era una especie de capitalismo crudo en el que no había pena para el perdedor,

yo sueño un mundo donde el humano se ha liberado de la avaricia y del pecado con sus perniciosas ataduras, en que el lucro se tiene por contrario al santo evangelio porque dios no es el favorecedor de una raza, nación o bandera sino el redentor de todos, esto quiero: un estado de conciencia trascendente que nos eleve por sobre las inquietudes y pasiones sin mayor ímpetu que el amor al prójimo.

tantos someten los móviles de la vida a tandas de gula, mas quien se consagra a la preparación del espíritu para la vida venidera tiene una visión plena de gloria imperecedera y supedita los apetitos a la voluntad suprema,

solitario es ese ir y venir de los conductores de camiones hacia destinos que no deciden por sí mismos: el centro comercial, la plaza de mercado, la factoría en la periferia, hablando consigo para mitigar la monotonía, paranoicos de tanto intentar eludir las patrullas con sus entrampamientos a fin de cumplir la cuota diaria de multas, ya saliendo de recodos insospechados, ya detenidos tras la curva, ya en redada ante el semáforo, mil denuncias por segundo, veinticuatro horas, ¿qué más quisieran los municipios?: un negocio cuadrado, entretanto la corrupción rampante y los delitos en aumento, los estandartes de la ley del hombre son el lucro y el abuso del poder,

no otra merced el santo padre dispensa que amparar a sus hijos en su infinita gracia, el creyente a nada teme por reconocer que mejor resolución no podrían conferir las indulgentes manos, consciente que la peor de las circunstancias es pasajera, esperanzando un lugar para sí a la diestra del santo padre,

en la compleja maraña de las relaciones humanas esto manda la divina majestad: ofrecer al prójimo la misma ternura que tendría para mí, levantar plegarias por los que me usan con desidia y amar a mis enemigos con infinita abnegación, el diablo, por el contrario, incita las almas débiles a pecar por apatía e imprudencia, y el impío arguye: «imposible es practicar la humildad, la gente lo toma por flaqueza», yo respondo: para ignorar los mandatos divinos los argumentos sobran,

me detengo en la entrada a las parcelas nieves, increíble, provechoso negocio ese de los automóviles, cada vivienda bien provista, como si fueran obsequios anuales, aquí el ideal de vida en adición conlleva trabajos livianos con buena paga, vivienda lujosa, manjares por alimento y paños finos en el atuendo,

yo aguardo con los padres del desierto el imperecedero día cuando por amor a dios el humano supere los impulsos de la carne, para ello requiere un sentido de templanza, una proclividad por la abstinencia para resistir las tentaciones, una estricta vigilancia en la voluntad a fin de contener desde su arranque en la conciencia la vanagloria y, sobre todo, una resoluta sumisión a los artículos de fe, solo entonces será merecedor de la vida eterna por la gracia,

las siete de la tarde, infiero, el cielo tiene el matiz del rosicler: ni luz, ni sombra, cruzo rincón y entro en la comunidad especial parcelas stella, ya asfaltada la antigua vereda hacia la mar, dicen que en la vivienda los vecinos gastan el grueso de sus ingresos, por lo que les queda poco para tantas otras necesidades, noto que un hombre desde el balcón me observa, le pido agua, pasados ya sus mejores días, me sorprende la prontitud con que retorna con el vaso rebosante,

—Sírvase pasar, por favor —invita formal.

—¡ah! —balbuceo— muchas gracias,

discurro: a buena hora, considerando este encono endemoniado en la planta del pie, ocasión para el descanso, después del ajetreo del día, el santo padre mitiga siempre la carga de sus hijos, lo extraño es que todavía hay quién lo duda, ¡oh dulce guía, salvador, líbrame de egolatría!,

—Viene un aguacero, bueno, ese es el pronóstico del canal seis televisado —anuncia el anfitrión señalando hacia el cielo—. Aunque, a decir verdad, son más las veces que se equivoca que las que acierta.

tomo el agua, despacio, carraspeo, el hombre me observa fijamente:

—No se quede ahí, adelante, tome asiento. Me llamo Elías..., Elías Coello, para servirle —dice y extiende la mano.

—que dios pague su caridad —digo y entro, detrás de él para no turbarlo, en franca muestra de humildad,

—Vivo solo, y cuando la oportunidad de socializar se presenta la recibo con agrado.

me señala una butaca y toma asiento frente a mí,

—perdóneme, por piedad, también hay virtud en el monólogo si va dirigido al señor con la mayor circunspección deferente,

—Usted plantea un argumento monástico, mas en la sociedad laica es propio expresar con liberalidad las ideas —objeta él con cortesía.

pido en silencio: padre ilumíname para comunicarle a esta criatura extraviada tu santa voluntad,

—No gozo de la confianza de los vecinos, no me consideran digno de ella, vivo con la boca hedionda de no abrirla, en fin, necesito hablar.

imploro: muéstrale, divino señor, con tu omnipotencia, qué debe hacer, y que renuncie a la insolencia y busque en la humildad su redención,

—Piensan que estoy falto de piedad, quieren que muestre flaquezas, aparentando sufrir por males del cuerpo y quebrantos del alma que no siento.

clamo: dispensa luz a su alma y que las faltas sean expulsadas del cuerpo por el llanto,

—Todo porque no me conmueven los esponsales, ni celebro los nacimientos, ni me entristecen los funerales.

invoco: por compasión ven en mi ayuda, indícale a esa tu oveja descarriada que con sus lágrimas puede alcanzar tu perdón,

—Óigame, nada ha dicho —viene él en estocada—, no está bien, seguro tiene su opinión sobre el asunto.

imploro: altísimo, tú puedes librarle de culpas y rencores, solo entonces encontrará la constricción.

el hombre irrumpe en llanto irrefrenable, tremulante, empapando las mejillas, humedeciendo la camisa,

—¡alabado seas, divino padre, por obrar el milagro! —clamo grave y reverente, he dejado atrás al anfitrión, glorificando conmovido: «nadie puede salvarse, cristo, sino por tu merced», cantidad de majes plagan la playa, no dejan dormir, el año que ingresé en la universidad, recuerdo, estaba yo de pasadía en los kioscos de piñones con su amplio surtido de bocadillos fritos en la manteca de cerdo para darle mucho gusto al paladar y más grasa al corazón, saboreándolas bañadas en agua de coco, un día estupendo hasta el atardecer cuando un enjambre de estos bichillos se abalanzó sobre mí, apenas tuve tiempo de arrojarme afuera, en la prisa me disloqué un tobillo, y no podía sino lamentar mi infortunio y desear su extinción, claro está, yo no había recibido aún al señor en mi corazón y no sabía que ellos son parte del propósito divino de la creación,

he caminado acaso unos hectómetros aquí, la hojarasca de un mango centenario acolchando el suelo me seduce al descanso, falta que ahora reconcilie el sueño, que no entre a cavilar, contemplo las hojas caídas flotar lánguidas en la zanja, evoco a la bailarina en la última función de su carrera: mímica que más no puede imitar la médula de la danza, aleteo de brazos que se extinguen, balanceo de piernas representativos de lo mejor que hay en su arte, pienso: si bien lo terrenal es pasajero, algo siempre queda cual esencia imperecedera, el don de la excelsitud lo tiene cada cual en su medida, y nada como esa virtud del ser está tan vinculada a la esperanza,

cierro los ojos, cosas ausentes pasan ante mí, en atonía, como en una tirilla fílmica: es una noche calcinante, levemente iluminada, cruzamos el parque maría luisa en dirección a la plaza de españa, él delante, trémulo, arrastrando los pies, las manos en cruz levantadas, yo detrás, cuestión de unos pasos de distancia, diríase él presiente que es reo en marcha al patíbulo y yo el verdugo en acecho sanguinolento, entramos en la plaza, lo veo desplomarse bajo un farol, después el impacto estrepitoso sobrecarga el ámbito, sobreviene un silencio tormentoso, regreso al parque desierto, llevo las manos empapadas en sangre caliente, y sin embargo siento que esto es exterior a mí, otra especie de realidad de la que participo en la psique, una alucinación o fantasía o un delirio, reflexiono: ¿qué importa?, razones habían para ello, era un manipulador, simulaba poseer los dones del santo, sus milagros nunca motivados por el deseo de socorrer al semejante sino por un engreído sentido de endiosamiento, en el fondo sentía por todos desprecio,

despierto sobresaltado, me incorporo con un impulso brusco de consternación, tengo la frente y el torso bañados de sudor, ¿existo más allá del pálpito que es mi vida?, una figura felina se abre paso por entre los matojos, después el consabido ¡miau!, imposible, haberme alcanzado, ¿cómo? me inquieta su presencia..., pavorosamente...,